Best Time

白马时光

我一见你就笑

个个攸 著

天津出版传媒集团
百花文艺出版社

图书在版编目（CIP）数据

我一见你就笑 / 个个攸著 . -- 天津 : 百花文艺出版社 , 2020.2
ISBN 978-7-5306-7814-5

Ⅰ . ①我… Ⅱ . ①个… Ⅲ . ①长篇小说－中国－当代
Ⅳ . ① I247.5

中国版本图书馆 CIP 数据核字（2019）第 264695 号

我一见你就笑
WO YI JIAN NI JIU XIAO
个个攸 著

特约策划：何亚娟　鹿玖之　　**封面设计：**小　茜
责任编辑：赵世鑫　邱钦雨
出版发行：百花文艺出版社
地址：天津市和平区西康路 35 号　**邮编：**300051
电话传真：+86-22-23332651（发行部）
+86-22-23332656（总编室）
+86-22-23332478（邮购部）
主页：http://www.baihuawenyi.com
印刷：三河市金元印装有限公司
开本：880 毫米 ×1230 毫米　1/32
字数：258 千字
印张：8.75
版次：2020 年 2 月第 1 版
印次：2020 年 2 月第 1 次印刷
定价：39.80 元

如有印装质量问题，请与三河市金元印装有限公司联系调换
地址：河北省廊坊市三河市杨庄镇杨庄村
电话：0316-3650243
邮编：065000

目　录

contents

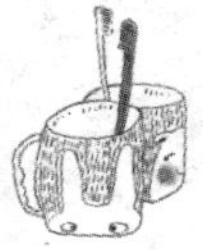

目录
contents

第一章

所谓命运

01 ///

林乂安，二十五岁。

二十二岁那年报名参了军，一年前被劝退。

原因是性格不够坚毅，能吃苦，但不够果断。

用她领导的话说，太过逆来顺受。

于是……逆来顺受的林乂安退伍了。

林乂安似火的报国热情只能这么熄灭了。

她觉得不能从武，从画也行，起码这个是从小练过来的，于是重操旧业，做起了自由插画师。

只是……

甲方：这张画三百块，不能更多了。

甲方：就换了个姿势，你就要多收我钱？

甲方：不行啊，我要高大上、土豪金，清纯高雅，充满激情！

总之，画稿画了半天，落到林乂安身上只剩一个字：穷。

这天，林乂安收到了一条短信，来自房东：你那间房有人看中了，出三千块一个月，要不你也出这个价，我去回绝掉？

房东的意思就是出不起，只能赶你走了。

林乂安觉得天要亡我。

毫不意外，两天后林乂安就推着驮了行李的“小绵羊”流浪在大街上。

天大地大，帝都这么大，林乂安第一次发觉这里竟然没有她的容身之地。

她查了下卡里的余额，买回老家的火车票还是够的。

她干枯的心裂开了一条缝隙。

云南大理，风景秀丽，不用吃沙，还能好吃、好喝、好睡……

那诱惑酸胀得她心口发痛。

正在此时，她妈一个电话打过来：“小安啊……”

林乂安鼻子一酸。

她妈：“阿木暑假就要回来了，你什么时候回来把亲定一下啊？”

林乂安：“啊？啊？！”

她吓得什么酸涩委屈都烟消云散了。

林乂安握紧了手机。

她的心中突然生出了一股破釜沉舟的壮志：“妈，我这边工作忙，走不开！”

然后她果断挂了电话。

回老家？

不存在的！

02 ///

决定破釜沉舟的林乂安站在路边一家房地产中介的门前。

她发狠地想：自己野外求生的分数最高，还有什么地方不能住的？

房间小得只放得下床，OK；

没独立卫生间，OK；

没网，OK；

没热水器，也OK；

只要足够便宜。

“月租……就写六百吧。我的幸运数字是‘6’嘛。”

这个声音对林乂安来说简直是天籁。

林乂安人还没冲进去，就气沉丹田一声吼："那间房我要了！"

之前说话的那位出租者被吓了一跳。

他扭头看向林乂安，上下打量了她一番。

林乂安被他看得有点慌，也打量回去。

对方三十岁的年纪，西装革履，一派精英打扮——好像电视剧里的那种斯文败类。

她挺难想象这种人会出租一间月租六百块的房子。

林乂安掂量了一下，她对自己的脑力值没信心，但对自己的武力值有信心。

对方温雅一笑，起身问了句："你会做家务吗？"

后来，林乂安回忆起来，那笑妥妥是奸笑。

03 ///

林乂安发愣地望向眼前绿荫环绕的高档小区。

她的"小绵羊"、她的藏青色军用行李袋简直跟这边格格不入。

她又端详了一下手里的小字条，是这里没错啊。

身穿黑色制服的保安小哥露出礼貌的微笑："需要帮忙吗？"

林乂安小心翼翼地问："这里有六百块的出租屋吗？"

"啊？"

04 ///

这小区连电梯都是金碧辉煌的。

林乂安无语地走出电梯，按响了802号房的门铃。

门迅速被打开。

"这么快就招来了啊？阿涧速度挺快的嘛。"

然后出现一条粗金链子。

啊，不，是一个戴粗金链子的帅哥。

只不过那条金链子太过晃眼，林乂安对他的第一印象就被框死在这上面了。

于是男子那俊俏的样貌、高挑的身形、阳光的笑容、彬彬有礼的谈吐举止，甚至主动接过她行李的绅士行为都在金链子的映衬下黯然失色了……

再看屋里的装饰……

土豪啊，林乂安由衷感叹。

05 ///

土豪对着发愣的林乂安说："进来啊。对了，你叫什么名字？"

林乂安下意识地递上自己的名片——一张清清爽爽的雪纸，上面烫透着古体墨字：林乂安。

名片是自由职业者的第二张脸，所以比起图文店二十五块钱两盒的那种，再对比她贫瘠的收入，这算是林乂安狠下心花大价钱置办的。

土豪拿到名片后就是一愣，拿着这张白纸反复看了看。

林乂安这个名字取意"天下乂安，万民乐业"，有造世之寓义。

只因她父亲虽是名学者，却有济世报国之心。

林乂安总觉得自己会选择入伍，跟"乂安"之名也有个八九成的关系。

她自然十分喜欢自己这个名字。

有文化的人看见她这名字，总会赞上两句。

一般人当着面不敢乱念，都会虚心请教下中间"乂"字的读音。彼时她把音一读，顺道再把意义一解释，总会博得对方的好感，亦被赞上两句。

她不抱希望地观察着土豪。

她看土豪认真端详了下雪纸上最大的那三个墨字，之后露出了谜之自信的微笑。

竟然是个文化人？

"那个，林小安啊……"土豪招呼她道。

林乂安瞬间呼吸一滞。

她面上不动声色，甚至还微微笑了一下：没读成“林叉安”还真是辛苦你了！

“情况阿涧应该都跟你说了吧？”

林乂安反应了一秒，这才了悟过来这个“阿奸”是谁。

她回想起那位西装精英的奸笑，嗯，算是名副其实。

林乂安的目光又落回到了土豪的金链子上，她好想问一句：所以你叫“阿壕”？

林乂安收起内心的吐槽：“是，他说您很爱干净，所以让我保持房子的整洁。然后说您这房子有厨房，设备很全，我可以自己做饭……”

“对。”土豪连连点头，眉梢和眼角都带着喜色，“其实事情也不多，你只要每天把所有房间都打扫整理下……”

什么？所有房间？

“第二天的三餐我想吃什么，会提前告诉你……”

还要做你的饭？

“我的衣服扔在洗手间的脏衣篓里，你待会儿可以先洗一下……”

你的衣服也要我洗？！

“我的内裤一定要手洗……”

林乂安已经僵在原地。

转身走吧，林同学，你要有点骨气！

06 ///

然而，“命运之门”在林乂安面前开启。

阳光从薄纱帘透进来，落入林乂安的眸底。

宽敞的双人床上铺着蓬松柔软的羽绒被，旁边胡桃木的书桌上立着一整排黑胶唱片。

在这过于奢华的欧式风格的房间里，甚至还摆了台古朴精致的留声机，深红的漆色有种历史的沧桑感。

“这里就是你的房间，”土豪说，“隔壁就是卫生间和洗衣房，比起主卧是有点小，不过应该……还不错吧？”他迟疑道。

这叫还不错？！

林乂安望向土豪，所以她以前住的那间屋子其实学名叫猪窝吗？

所谓安居乐业，要先安居，才能乐业。

骨气多少钱一斤？能当饭吃？

林乂安差点就想转身对着土豪行一个军礼：土豪，您想怎么使唤我都成！

“那么，每月四千可以吗？”土豪斟酌着说了一个数。

林乂安再次惊讶：“不是说好六百的吗？”

“什么？这么便宜？”土豪惊呆了。

被四千吓得心肝颤的林乂安默默控诉着老天的残忍，从不跟人正面掐架的她使出了二十几年来积攒的强硬：“我还觉得多了呢，要干那么多活，五百都算便宜你了。”

土豪不由得小声喃语道：“五百是便宜了啊，简直是白送的。”

“那就五百五吧，我们各退一步！”

土豪看着她，点了点头，心情略复杂：“OK，你觉得好就行。”

07 ///

阿涧打来了慰问电话：“那小姑娘怎么样？”

“挺好啊，就是感觉有点缺心眼。”土豪嘀咕，“我说四千，她一口气杀到五百五……”

阿涧干咳了两声：“反正试用一个月，你就让她先住着吧。对了，我接下来去北欧出差，会失联一阵，不要太想我。”

土豪想说，你去沙特阿拉伯出差都没跟我失联过啊……

但电话已被迅速挂断。

怎么这么像“货物既出，概不退换”？

这次连土豪都感觉出好像有哪里不对。

08 ///

一个月后。

土豪："你的工资……"

林乂安："你的房租……"

林乂安这才明白过来，最初自己跟土豪讨价还价的真实对话是这样的——

土豪：那么，每月四千（月薪）可以吗?

小安：不是说好（每月）六百（房租）的吗?

土豪：什么?（一个保姆的月薪市价）这么便宜?

小安：我还觉得多了呢，要干那么多活，（每月）五百（房租）都算便宜你了。

土豪：五百（月薪）是太便宜了啊，简直是白送的。

小安：所以，（每月）五百五（房租）吧，我们各退一步。

土豪：（反正是你的工资）……OK，你觉得好就行。

林乂安痛心疾首。

当然，这是后话。

09 ///

阿涧在飞机上回顾被两头轰炸的这几天。

土豪爸："不准给他找帮佣！"

土豪："阿涧，快给我找个保姆。"

土豪爸："你别让我发现你去照顾他的生活起居！否则我让你爸把你一块儿赶出去。"

土豪："阿涧，我知道你不会像我爸那么狠心的。"

土豪爸："身为咱们勒家人，居然连火都不会开，让他饿死算了！"

土豪："阿涧，我会横尸公寓的。"

阿涧揉了揉眉心，给土豪找一个能做家务的房客，是他用尽毕生所学能想到的唯一法子了。

反正他人事已尽，接下来就听天由命吧。

阿涧戴上眼罩，事不关己地勾唇笑了笑，闭目养神去了。

10 ///

话说那天林乂安安顿下来后，还有种不真实的感觉。

她滚在蓬松柔软的羽绒被上，想着这是五百五十块一个月的房间啊。

她摸着厚实的胡桃木书桌，想着这是五百五十块一个月的房间啊。

她看着明亮透净的白瓷卫浴，想着这是五百五十块一个月的房间啊。

“咚咚咚。”就在她差点躺进浴缸里的时候，响起了敲门声。

打开门，土豪“阳光灿烂”地出现在了门口。

“呃，有什么事？”

“晚餐我想吃酱牛肉。”土豪一副等投喂的神情，就差没摇着尾巴了。

林乂安叹了一口气：差点忘了这也是五百五十块一个月的附加品。

林乂安对自己的厨艺非常有信心。

不管是传承自母亲的白族菜，还是在行军训练中物资匮乏时的快炒，她都信手拈来。

她在帝都打拼的这一年，实在太穷的时候，还去餐馆打过工，也学到了不少其他菜系的做法。

所以她系上围裙，摩拳擦掌后，就拉开了冰箱。

豪华的双开门冰箱，林乂安记得自己看到过这种冰箱的广告语：超大容量，可装下五口之家一周的食材……

然而冰箱里面除了几瓶水和几个苹果之外，啥也没有，干净得像卖场里陈列的样品。

林乂安不可思议地把头转向了屋主。

然后，土豪跟所有人脑补中的土豪一样“唰”地抽出一张卡，塞到了林乂安手里。

林乂安低头一看，还是张白金副卡……

土豪一甩手："拿去用吧，密码是六个'6'。"

林乂安看看卡，又看看土豪，又低头看了看卡，又看了看土豪……

这是什么节奏？！金屋藏娇？

"你把我当成什么了？"林乂安沉了脸。

土豪疑惑。

"保姆啊。"他答得理所当然。

怎么说自己也是付房租的！

所以自己这是付着钱给人当奴隶？

林乂安用力合上冰箱门，拖长音哼了声："是……主人。"

"不要叫我主人吧。"土豪不好意思地挠了挠脸。

很好，你终于接收到我的嘲讽了。

"跟家里那些人一样，叫我天少好了。"

林乂安背着他疯狂翻白眼……

半分钟后，土豪被戳中了延迟的笑点："哈哈哈，林小安，你以为女仆cosplay（角色扮演）啊，还主人？"

林乂安额角暴起了青筋：突然好想揍他。

11 ///

土豪看着宕机了的林乂安，觉得她大概是业务不熟。

土豪展现了下自己的宽容大度："林小安，你是第一次干这活儿吧？没事，我很好伺候的，你有什么不懂的就问我。"

林乂安深呼吸了几次，咽下这口气。她虚心求教："这附近的菜场在哪儿？"

土豪沉默了。他似乎在思考。

最终，他掏出手机拨通了一个电话："喂，阿秋啊，这边去哪里买菜？"

要你何用？！

12 ///

小区外的超市。

土豪帮林乂安推着购物车。

土豪说：“我在美食上还是挺有天赋的，毕竟我家是做餐饮业的。”

林乂安看向他。

土豪说：“我爸说过，餐饮业的运营者不但要懂商业，还要懂美食，这是餐饮业立足的根本。嗯……一个不会做菜的儿子不是一个好的继承人。”

林乂安惊讶：“所以，原来你会做菜啊？”

“不会啊，所以我被踢出来了。”

林乂安：说好的天赋呢？！

“其实我觉得我只要继承鉴赏美食的天赋就可以了。”

简而言之，就是会吃，对吧？

“食材是美食的根本，所以一定要精心挑选。”土豪把林乂安刚扔进购物车的一截冬瓜拿了出来，“像这个就太便宜啦。”

林乂安一看，上面标价5.00元。

这么一截不足五厘米的冬瓜，在菜场也就一两块钱吧？哪里便宜了……

“那要多贵的？”林乂安不耻下问。

土豪抱了个黑皮西瓜放进去：“这价格才差不多。”

此瓜非彼瓜啊！

“像香菜嘛，用来调味跟摆盘都不错。”土豪拈起一片菜叶，随后又扔下，“好像不太新鲜。”

林乂安看过去……那只是被人摘下来的芹菜叶。

“而海产的新鲜度就更有讲究了，比如挑选牡蛎的时候，一定要敲……”

对，只不过人家的名字叫蛤蜊。

土豪又看到旁边那堆指甲大小的“蛤蜊”：“这个就太小了，要再养养。”

人家是海瓜子，就这么大。

“这个好。”旁边的土豪已向一块标着“特级”的牛肉伸出了手。

林乂安定睛一看：传说中的神户牛肉啊……

“晚上做酱牛肉就用这个了。”土豪摸着上面的价格标签，表示十分满意。

林乂安无语望天。

她算是发现了，这人完全是“只买贵的，不买对的”！

林乂安决定，今后再也不要带这个人来买菜了。

13 ///

土豪帮林乂安把两大袋食材拎了回来。

还蛮绅士的，林乂安想，这房东除了生活知识上白痴了点，其实也不难伺候嘛。

她卷起袖子，说：“放料理台上吧，我来处理。”

土豪“哦”了一声，放下东西，随后便窝到沙发上玩游戏了。

过了一会儿，他瞟了眼忙碌的林乂安，喊了一声：“渴。”

林乂安接了一杯温水给他。

土豪说：“我不喝白开水。”

林乂安在里面丢了一片柠檬。

土豪：“柠檬水要冰的。”

林乂安重新给他换了一杯冰水。

土豪皱眉：“要冰而不起雾。”

林乂安深呼吸了下，问：“几度？”

土豪迟疑了下：“要不……你多倒几个温度的水，我看看？”

林乂安仿佛听到甲方的名言：那你多配几个颜色给我看看吧。

林乂安热血上头。

“咯吱”，她仿佛听到手中玻璃的脆响。

不难伺候？完全是错觉！

14 ///

林乂安盯着手里的两块牛肉。

这样大小、形状、厚度的特级牛肉，不管是做牛肉刺身，还是煎牛排，都是极好的。

怒火未消的林乂安挣扎了下。

她对自己说：林乂安，你是想试一下特级牛排的滋味，还是让这块神户牛肉屈辱地死在酱油里？

她深吸一口气，有了决定。

土豪面对着餐桌：“我的酱牛肉呢？”

林乂安指了指桌面上的酱汁：“您看您是要黑胡椒汁还是菌菇汁？”

“可我要的是酱牛肉啊。”

林乂安点了点头，分别指了指酱汁跟牛排：“酱、牛肉。”

土豪没话说了。

他拿起黑胡椒汁自行浇在了牛排上。

土豪尝了一口：“没阿秋做得好吃。”

那你让他来给你做饭啊！

15 ///

土豪睡前回顾这一天。

林小安按门铃。

林小安递名片。

林小安显然对工作挺满意，自动把月薪降到五百五十块。

林小安叫他主人，他有点不好意思地纠正了她的称呼。

林小安问附近的菜场在哪儿，他好心带她去。

回来后，他还指点了林小安柠檬水的正确制法。

不过林小安对“酱牛肉”有点误解，下次纠正她吧。

以后就有人做饭、洗衣、打扫房间了，他不用再跑外面聚餐吃饭了，真是美好。

土豪想了想，十分满意：这林小安除了沉默了点，真心挺好的。

想起阿涧先前那通询问电话，他滑开手机锁屏，发了条消息过去。

刚下飞机的阿涧一打开手机，就见几条消息进来。

其中一条就是土豪发的。

他点开消息，里面只有一句话：**林小安真心挺好的**。

阿涧挑了挑眉。

16 ///

土豪在回绝聚餐邀约："家里有人给我做饭了。"

对方惊讶："你家阿秋回来了？"

土豪："还在巡回吧，是阿涧给我找了个。"

找了个？备胎？

对方一下子提起了兴趣："男的女的？"

"当然是女的，"土豪得意，"来个男的，万一意图不轨，我打不过怎么办？"

那万一你意图不轨，人家打不过你怎么办？

土豪："挂了，要开饭了。"

喂！等等！我还没八卦完！

"阿昊不来了？"其他人问。

阿榎点了点头。

"那这饭钱谁付？"有人抱住胳膊问。

"石头剪子布吧。"

第二章

如此日常

01 ///

林乂安搁下饭菜，随口问了句："刚刚是谁？"

土豪："哦，是阿榎。"

阿甲？

"还有阿猗……"

阿乙？

"阿仃应该也在……"

阿丁？

"所以你叫阿丙吗？"

"什么阿丙？我叫勒昊天。"

做餐饮的，姓勒……不会是我想的那个勒家吧……

林乂安突然觉得领导踢掉她是对的。她这不探究、不怀疑、只服从、有话往心底憋的性子的确是够呛。一点信息灵敏度也没有，怎么执行任务？

"伯父不会恰巧叫勒兴邦吧？"

"本来就是啊，哪里恰巧了？"

真"壕"啊……比她脑补的还"壕"啊……

林乂安看着土豪，霎时觉得他闪耀着金光：这位是专做高档酒店、餐饮、度假村的那个昊天集团的少东家啊。

然后林乂安想起：他被踢了出来。

林乂安又想起：就算被踢出来了人家也有白金卡。

林乂安弱弱地问："我能问一下，你爹把你赶出来时给了你多少生活费吗？"

"就那张副卡啊。"勒大少语气落寞，"主卡在他手里，他把透支功能停了。"

那你还敢把卡甩给我买菜也是心大。

"里面就只有十万。"

只有？

"他说让我在外面待满一年才能回家。"勒大少苦恼。

我可以待满十年了好吧？

"不过你没来之前，我都是被叫出去吃饭的，好像刷掉了不少。"

被叫出去吃饭为什么都是你付钱啊？冤大头啊你！

林乂安平复了下心情："那是多少？"

勒大少默默想了下："有那么两三天，应该没上万。"

吞金呢你们？

林乂安默默想了下自己进修美术的那一年，好自豪，即使加上宿舍费也没上万。

果然同是人类，不同命。

林乂安看着这位身在福中不知福的大少爷突然目露凶光。

02 ///

毫无所觉的勒大少坐到餐桌前。

他对着面前印着绿色女人的纸杯皱眉。

"为什么是星巴克？"

"我在星巴克见客户，顺便带回来的，请你喝。"

勒大少表示嫌弃："我不喝快餐咖啡。"

林乂安瞪他。

然而勒大少完全没接收到她的怒意。

林乂安败退下来，默默把咖啡端回厨房。

她想了想，打开咖啡机的水箱，将咖啡倒了进去，然后按下开关。

咖啡原样流到一个骨瓷咖啡杯里。

林乂安配上杯碟、杯勺，就这样给勒大少端了回去。

林乂安严阵以待，在心里准备好了一百条狡辩的理由。

勒大少抿了一口，说：“这还差不多。”

说好的美食鉴赏天赋呢？

你都没发现家里压根儿就没有咖啡豆吗？！

03 ///

日子的艰难程度在变本加厉。

林乂安开始百度关键字：作威作福，怎么办。

她点开了一个帖子：我家宝宝在家里作威作福怎么办？

帖子内容控诉道：明明要吃的东西就是要挑三拣四。

林乂安深以为然。

没什么事还老叫唤。

“林小安……”勒大少唤道。

把家里弄得乱七八糟，怎么说也不听。

林乂安抬头一看，勒大少那边零食又撒了一沙发、一地毯。

下面回帖：要是普通训话也不听，那只能祭出终极大招了——把它按压在地上，按住它的头，让它屈服，恐吓它、威胁它，让它明白你的力量凌驾于它之上。

林乂安若有所悟。

这不就是擒拿术嘛，她熟。

毫无危机感的勒大少在对着iPad傻乐。

他余光瞥到林乂安：“好慢啊，薯片撒……”

他发现自己身子一轻……

咦，天花板？

还没回神，他就在空中转过一周后，重重地摔落在了地毯上。

他挣扎了一下，发现两只手竟然被林乂安单手钳制在背后。

他扭了扭，发现腰被林乂安用膝盖死死顶住。

“林小安，你搞什么？！”

林乂安冰凉的手捏住他的后颈，又是重重一按。

勒大少像一条脱水许久的鱼，就这么被钉死在砧板上。

勒大少此刻才知道害怕。

她是劫财还是劫色？！

“薯片碎屑撒在地毯上很难清理，知道吗？”

“啊？”

“‘自己动手，丰衣足食’是传统美德，知道吗？”

“呃……”

“不要净给人添麻烦，我也是要工作的，知道吗？”

勒大少嘀咕：“你的工作不就是伺候我？”

林乂安的膝盖往下碾了碾。

“疼，疼，阿秋救我！”

04 ///

勒大少缩在沙发背后给阿秋打电话。

“你快回来救我。”

“都怪阿涧引狼入室。”

“是啊，她还把我摔在地上威胁我……”

“威胁我什么？哦，她叫我东西不要乱丢，自己的事要自己做，不要老麻烦她……”

“什么？你叫我听她的话？”

“喂？喂？”

勒大少给阿涧打电话，但没人接。

还真说失联就失联啊……

勒大少愤恨地发了一条信息过去：**阿涧，你给我找的什么人啊？你害死我了！快回来救我！**

他抬头看见林乂安被放大的脸。

“你缩在这里干什么？吃晚饭了。”

“哦。”

阿涧开完会，滑开手机屏幕，看到勒大少的N通未接来电以及一条信息。

他点开看完后，吓出一身冷汗，立马回了个电话过去。

“喂？”电话接通，勒大少含含混混的声音传来，阿涧松了口气。

“你在家？”

“嗯。”

“在干什么？”

“吃晚饭。”

“短信是什么意思？”

勒大少小心翼翼地瞟了眼林乂安：“反正就是短信上那个意思，你快回来处理一下。”

“你没法出门？”

勒大少问林乂安：“我能出门吗？”

林乂安：“你问我干嘛？你随意啊。”

勒大少对着电话回答：“好像出门没关系。”

阿涧的冷汗已全部收了回去，他抚额：“大少爷……算了，您少安毋躁吧，我先去查查那丫头的底细。”

到了晚上，阿涧又给勒大少打了个电话。

“这会儿身边没人了？可以说说你把人家怎么了吧？”

勒大少不服：“怎么是我把人家怎么了，明明是她把我怎么了。”

“她把你怎么了？”

“她摔我、压我，还威胁我不要乱丢零食……”

“就这样？”

勒大少在死命想。

后来林乂安还给他做了饭，在他面前一字排开了一堆调味瓶，在他右边放了擦手的湿巾，左边放了漱口的茶杯，饭后一言不发地收拾了餐桌，然后打扫了屋子。

“没了。”勒大少沮丧道。

阿涧叹气：“她的履历我发你邮箱了，自己看吧。”

勒大少狐疑地用iPad点开邮件，入眼是一张林乂安的军装一寸照。

还蛮帅的，勒大少想。

“这样一个人给你使唤，过了这村，可就没这店了，你要想清楚。”

勒大少已瞄到退伍原因：性格不合适。

“真不喜欢，就等我回去再处理……”

勒大少接着往下看……

闪亮亮的战斗记录……各种比赛，还有实战！

“先挂了。”

“喂？喂？阿涧……”

看过她的履历后，我更害怕了呀！

这捏死我不跟捏死一只小鸡崽儿一样容易吗？！

05 ///

勒大少决定展开自救行动——

他决定离家出走。

一大清早，他蹑手蹑脚地绕过沙发，打开公寓门……

林乂安在他背后轻飘飘地问了声：“你去哪儿？”

勒大少假装淡定：“下楼散步，行吗？”

林乂安：“哦，那早饭还吃吗？”

勒大少觉得需要迷惑一下敌人：“吃。”

林乂安："哦，那早点回来。"

得到"特赦"的勒大少撒丫子冲到电梯口，猛按电梯键。

我要找我的狐朋狗友去！这里没法待了。

两个小时后，他已经在小区外绕了第七圈。

手机，没电。

门卡，没带。

卡，在林小安那里。

零钱，从来没存在于他的口袋过。

勒大少可怜兮兮地捂着胃，嘟囔："好饿。"

但让他就这样投降回去，不可能，绝不可能，这辈子都不可能！

然后他被"命运"扼住了后脖颈。

他感到领子一紧，被硬生生地后仰着拉低了一头。

他艰难地转头，对上了林乂安阴沉沉的脸。

林乂安："你不是说回来吃早饭的吗？！"

等了他一个小时，又找了他半个小时的林乂安如此发问。

06 ///

勒大少被林乂安提溜回家了。

餐桌上。

林乂安狐疑地瞥他："你……不会是在小区里迷路了吧？"

本着"坦白从宽，抗拒从严"，但绝不能让林小安知道自己叛逃的原则，勒大少含混地应了声："嗯。"

还真是迷路？

小区里也能迷路？？

林乂安刷新了自己对勒大少生活不能自理程度的认知。

她看着勒大少，就像看着一个新品种的白痴。

勒大少发觉了。

勒大少不爽道："路痴怎么了？还不许人路痴了啊？"

勒大少："人类是因为大脑开发、知识经验储存、推理能力加强，才产生了有捷径的错觉，丧失了精确的向导能力。换言之，头脑简单的人才不会路痴。"

行，你路痴你自豪。

林乂安没好气道："那大天才，我劝你还是别出门了！"

07 ///

勒大少决定展开自救计划二——

他上搜索引擎问：被囚禁了怎么办？

他想了想又补充了一条：长得很帅。

有个回答迅速跳了出来：被×了？

勒大少无语。

不过说起来，以他跟林乂安的战斗力对比……

他想起了被林乂安按在沙发上的恐惧。

勒大少不由自主地拽紧了领口。

万一林乂安要对他霸王硬上弓怎么办？！急，真的在线等！

网友A：为什么不报警？

勒大少：没、没必要吧？

网友B：散了散了，又是秀恩爱的。

网友C：柠檬树上柠檬果，柠檬树下你和我。

网友D：大家吐一口唾沫再走。

留下一脸疑惑的勒大少。

他是真心求助的呀……

08 ///

勒大少陷入了深思：被×是不可能的（吾将誓死捍卫贞操），但被打是极有可能的，那我就……对她再好点，俗话说得好，伸手不打笑脸人。

于是晚餐的时间，勒大少战战兢兢地喝了一口汤。

对面的林乂安皱了皱眉：“咸了还是淡了？”

勒大少调整了下表情，突然对她露出一个灿烂的笑脸：“这汤经过四个小时的熬煮，将整只鸡的鲜美以及肉的醇香都融入其中，配合青笋和火腿，将鲜香醇厚的口感提到最高。能想到这种搭配，林小安你真是天才。”

林乂安简直受宠若惊：这不就是一道改版的腌笃鲜……

勒大少盯着第二道菜：“这食雕可真艺术……”

林乂安惊讶道：“这片萝卜的造型是玉璜，纹样是我们美术老师极推崇的，用在古代显赫人物的墓葬中。我随手雕着玩的。”

勒大少：“呃……”

这还让他怎么夸？！

勒大少给自己做心理建设：算了，反正我本来就是闭眼夸的。

勒大少扯起一个尬笑：“确实……美不胜收！你这手是被天使亲吻过的吧？”

林乂安：顶多被蚊子咬过吧。

林乂安终于察觉到勒大少有点不对劲。

简直……像换了一个人。

林乂安：“你……没事吧？”

嗯？难道是什么迷路的后遗症？

林乂安又想到早上还有点凉，大少爷又只套着一件T恤就出门了，别是在外面晃得着凉，发烧了吧？

林乂安探身去摸勒大少的额头。

阴云压顶，“家暴既视感”让勒大少下意识就躲了。

林乂安：你躲什么躲？

勒大少反应过来不对劲，连忙把林乂安的手抓在了手心里。

他睁大眼睛，表情极其真诚，因为刚刚的“失误”，还出了一身虚汗：“我怎么了，你还不知道吗？”

在林乂安眼里，他就这么突然面红耳赤，深情款款，像个急于表白的愣头青。

勒大少放柔了声音："我就想对你好呀。"

林乂安内心叹号三联后，猛地抽回手，端起盘子表示："我去洗碗。"

勒大少："我还……"没吃完。

事后，勒大少总结了一下经验。

道路是对的，方法还需调整。

09 ///

勒大少给自己敲黑板：真诚，只有真诚才能打动林小安。

勒大少决定挖掘一下林小安的"过人之处"。

他偷偷观察了一天，觉得……乏善可陈。

相貌……嗯，顶多算清秀吧。

身材……嗯，还挺小巧的，反正一点都看不出来拥有能把人掀翻的力量。

勒大少："那个……林小安。"

林乂安："干吗？"

勒大少："你……力气真大。"

林乂安："……谢谢。"

勒大少找到了感觉："我觉得你这体重和力气去举重很有优势。"

有你这么夸女生的吗！

勒大少："不过从小就是散打冠军也挺酷的了。"

林乂安：嗯？你怎么知道我小时候是散打比赛的冠军？

勒大少："那时候是不是你家方圆百里的男生都被你揍哭过？"

林乂安：我就揍哭过一个，谢谢！

勒大少："还好你长得小巧，不然妥妥一恐怖分子。"虽然现在也挺可怕的。

林乂安内心咆哮：我不算小巧，我参军身高达标了！

再见！

话不投机半句多。

林乂安压下“教他做人”的冲动，打算走人。

结果她刚要转身就听到勒大少喊：“等等，林小安……”

然后这位大少爷因为着急起身，没顾上自己架着二郎腿呢，就这么左脚绊右脚地往茶几上砸去……

本着救人民群众于危难中的使命感，林乂安下意识地捞了他一把。

勒大少砸进了她的怀里。

两人姿势暧昧而尴尬。

勒大少：“你的胸……”

林乂安的脸不自觉地红了。

勒大少：“好硬。”

林乂安脸上的绯红立马又退了，隐隐还有发青的迹象。

我可去你的吧。林乂安一把把他摔回沙发里。

林乂安按住了自己蠢蠢欲动的麒麟臂。

为这种在自家小区都能迷路、客厅都会平地摔的蠢货生气不值当。

她深吸一口气，把房间门给关上了。

勒大少坐在沙发上还有些发愣。

他的脸后知后觉地腾起了热气，渐渐红到了耳朵尖。

“好香。”

第三章

男神驾到

01 ///

过了两天，勒大少快乐地拿来了两张音乐会的票。

林乂安：什么情况？约、约会？

勒大少喜滋滋道："想对你好点啊。"

林乂安：又哪根筋搭错了？

勒大少甩着票显摆："所以带你去见见世面。"

谢谢你啊，我并不想去呢。

然而林乂安总是拒绝不了别人的热情邀约。

俗话说，烈女怕缠郎（并不是），林乂安最终还是被勒大少拖到了音乐会。

她概念里的音乐会：金灿灿的音乐大厅，排兵布阵般的交响乐团，西装革履加晚礼服的男女……

她出发前再三跟土豪确认："我们这么穿没问题？"

勒大少："有什么问题？"

勒大少突然脑洞大开："难道……你想跟我穿……"

林乂安有种不好的预感。

在这个关键的时刻，这位大少爷卡壳了："叫什么来着？就是那个都穿一样的……"

“情侣装？”

勒大少露出了“林小安，没想到你对我有这种想法”的表情。

忍耐，忍耐……她好想揍他！

“啊，我想起来了，应援服！”

林乂安：应援服是个什么鬼？为什么音乐会要穿应援服啊？

林乂安对自己的古典音乐鉴赏力不是很有信心。

她原本还担心自己会不会失态瞌睡。

结果她进了音乐厅后：

咦？她们手里拿着的是不是荧光棒？

那是……灯牌吗？

还真有应援服啊！

林乂安问勒大少：“我们是不是走错厅了？”

这明显是哪个偶像的演唱会吧？！

灯光暗了下来，伴奏的乐队隐在幽光中恍如剪影。

小提琴手身穿白色燕尾服站在舞台中央。

随着伴奏音乐层层渐起，聚光灯刹那间打在他身上，弓弦拉动，高昂尖锐的小提琴声倾泻而出。

林乂安只觉得心口宛如被演奏者手里的弓弦狠狠拉扯过，划上了深刻的一道。她从来不知道现场聆听的小提琴独奏能有这样的渲染力和表现力。

他的一个微笑、一个举手、一个点头都掌控着全场观众的情绪。

什么叫“摄魂夺魄”！什么叫“把命给你”！

从来没追过星的林乂安捂住了心口。对嘛，这才是“真心动”的感觉。

精准又富有煽动性的姿势，不需要浮夸的号召，不需要讨好性的互动，就如同他的音乐一样纯粹、洗练。这是一个最有自信的指挥官，冷静至无情地下达指令，没有一个多余无用的命令，却能直击要害。

总是被动接受命令、等待指示的林乂安被这一场音乐会激起了崇敬的向往……然后是不甘。

那个演奏者那么年轻，而自己……她看了一眼勒大少。

林乂安对自己鼓劲：要努力啊林乂安！有吃有住的日子过得太舒服了，

你要永远当三百块一单的“画图的”吗？

林乂安对着台上的小提琴家：男神，赐予我力量吧！

音乐会后，勒大少得意扬扬：“（这世面见得）不错吧？”

林乂安点头：“（男神）帅呆了！”

勒大少很满意。

他觉得自己在林小安那边的声望起码刷到了“友善”。

然而结果是：他在林乂安这边把另一个人的声望直接刷到了“崇拜”。

02 ///

勒大少觉得自己有必要稳固下这点“友善”。

勒大少：“所以你也要对我好一点。”

勒大少：“以后我会多带你见见这种世面的。”

勒大少：“这次的票，我可是通过内部关系搞来的。”

勒大少：“你看我厉害吧？”

然后他跟路人撞上了。

大少爷终于消停了。

路人手里的一杯饮料被弄洒了半杯——这半杯在他衣服上。

路人怒道：“你走路不长眼啊？”

勒大少：“呃……对不……”

勒大少反应过来：“不对啊，我们都走的直线，然后撞了，如果我走路没长眼睛，那证明你也没长嘛。因为我们只要一个人走路长眼了，就不会撞了对不对？”

路人更怒了：“你知道我这件T恤多少钱吗？！”

勒大少问林乂安：“呃……是多少？”

林乂安自然认识路人衣服上那个大大的钩，很有效率地上网查了下：“官网价四百九十九块。”

勒大少：“哦，那我这件三千五，要不你也泼我一下算扯平，剩下的三千就不用找了。”

林乂安：敢情不是你自己洗衣服，你倒大方。

林乂安：不对，我觉得你直接把对方气炸了！

“你有钱了不起啊！”自觉尊严受辱的路人把饮料一扔，揪住勒大少的领口就一拳揍了上来……

林乂安堪堪挡住对方，另一手握住了那人的手腕沉声道：“撒手。”

路人怒火旺盛，大着嗓门道：“死女人你才给我撒手！信不信老子连你也……啊！”他口中的“死女人”手上一使巧劲，他直接惨叫着松开手。

输出全靠吼的路人只觉得自己那只手一下子没了力气，他心中一颤，下一秒又听到那女人叹了口气，问他：“还打吗？好好说话不行吗？”

从她那四两拨千斤的手法来看，这简直就是个不出世的高手，隐藏在少林寺的扫地僧。

路人心怯了，抱着手溜了。

重获自由的勒大少眨了眨眼。

他突然觉得有林小安在身边好像也不错。

林乂安：“我终于知道你平时为什么不出门了，你不但五行缺保姆，还五行缺保镖。”

这位大少爷在气死人不偿命这件事上真是太有天赋了。

勒大少嘟囔：“这不是有你嘛。”

勒大少真诚道：“要不，我把你的职位升级成保镖吧？工资嘛……”

勒大少想起之前林乂安跟他的讨价还价。

他不敢开高：“就每个月六百吧。”

林乂安：“不必了，谢谢！”

当晚勒大少又给阿涧发了条微信：林小安确实挺好的。

阿涧看完，又挑了挑眉。

03 ///

这之后一个月期满，两人展开了关于工资跟房租的鸡同鸭讲。

得知真相的林乂安良久说不出话来。

敢情自己白干了这么久，还觉得好划算？

勒大少看到她很伤心的样子，安慰她："反正我的卡在你手里，也没差什么吧？"

林乂安想了想也是，然后心算了下那张白金副卡里的数字："不对呀，你之前'请客'已经刷掉了近一万，你给我开四千块的工资，一年下来，一半钱就没了，你还包伙食费……后面你打算怎么过日子？"

勒大少很干脆："没细想。"

林乂安深呼吸，算了，就这么过吧。

林乂安声明："我只是你的房客，不是你所谓的生活助理，OK？"

勒大少："哦……那饭呢？"

林乂安："我做。"

勒大少："那卫生？"

林乂安："我扫。"

勒大少："那衣服？"

林乂安："我洗！"

勒大少松了一口气，他觉得只要林乂安不是甩手不干就好。

林乂安："但你不准乱扔东西，帮得上手的要主动帮忙，内衣裤要自己洗，明白吗？"

勒大少："啊？"

林乂安施威："做不到？"

勒大少："做……做得到……"

04 ///

勒大少觉得自己的日子过得滋润了起来。

他早上起来，厨房就传来了早餐的香气。

无聊了，有林小安跟他有一搭没一搭地聊天。

偶尔他还能拉着林小安窝在沙发上一起打打游戏、看看剧。

他甚至惊奇地发现其实做饭也挺好玩的，他都学会了做拍黄瓜！虽然林小安看着那堆黄瓜碎好像有点嫌弃。

勒大少觉得自己领悟到了生活的真谛。

他突然想：其实不回家也可以嘛。

然而这样的“神仙日子”过了没几天……

林乂安熬过了青黄不接的阶段，终于又接到了一个大单。

她把自己关在屋子里奋发图强。

除了一日三餐，林乂安犹如神隐了一样。

无所事事的勒大少看着紧闭的次卧房门，撇了撇嘴。

他突然有了个好主意。

午饭后，勒大少坐在餐桌前霸气地宣布：“我想吃布朗尼蛋糕。”

林乂安埋头刷碗：“哦。”

勒大少：“立刻，马上，手制。”

林乂安这才慢慢地抬起头看他：你是不是恨我？

勒大少把iPad递到她面前：“喏，制法。”

勒大少：“卡在你那边，食材我报给你听。要不要我陪你去超市？”

勒大少笑得灿烂：“我是不是很贴心？”

林乂安重重地把碗搁下，咬牙切齿地说了个“是”。

于是林乂安大半个下午都在厨房里忙碌。

开放式厨房，视线所及之处：

勒大少坐在客厅的沙发上点开新一轮《炉石传说》的游戏界面，惬意地舒出一口气，觉得这才是生活。

05 ///

林乂安终于端出了成品。

她觉得自己真是厨艺天才，从来没做过西式甜点的自己竟然靠着iPad上的食谱有模有样地实验成功……

她端着蛋糕，期待地看着勒大少。

勒大少拿起小勺，舀下了蛋糕的一个角送进嘴里。

勒大少撇嘴："没阿秋做得好吃。"

阿秋，阿秋……阿秋到底是谁啊？！

被莫名其妙找碴儿、忙碌了一下午的林乂安终于爆发："你不如抱着你的阿秋过日子去吧！"

勒大少张了张嘴："啊，阿秋！"

还阿秋？林乂安都想把蛋糕糊他脸上了。

不对，勒大少好像看的不是她……

林乂安顺着他的目光转过头。

穿着白色燕尾服的男神就站在门口：他背着黑色的小提琴盒，梳着演出时的背头，脸上还有没来得及卸下的妆。

他带着些微的倦意，还有点点惊愕，然而还是那般光华万千。

神说，要有光，于是便有了光。

男神收起手中的门卡，露出意味深长的笑："我跟阿昊不是那种关系。"

林乂安这才想起音乐会安可阶段时那群迷妹喊着："晏秋，晏秋！"

林乂安僵愣在原地。

晏秋看着勒大少，笑了笑："没死就好。"

然后他转身回了自己家——对门，801。

勒大少问林乂安："阿秋刚刚说的是'没事'吧？"

林乂安才醒过神来，管你"没事"还是"没死"！男神，我不是那个意思，信我，真的！

勒大少心虚地盯着林乂安手里的蛋糕。

他望向厨房——那儿还有一盘。

他脑补着林乂安把他像死鱼一样压在地毯上，然后告诫他："浪费食物是可耻的！"

他决定让阿秋来分担下痛苦："待会儿记得叫阿秋来一起吃晚饭。"

林乂安秒答："好！"

06 ///

晚餐时间。

勒大少看着满桌的中餐非常满意。

勒大少得意地给晏秋介绍："这是林小安，我的……呃……哦，对了，房客。"

林乂安：好吧，总算对了半句。

林乂安主动递上了名片。

晏秋接过："林乂安，'乂，治也，天下乂安'……真是个好名字。"

林乂安心想：不愧是男神。然后她瞟向勒大少。

勒大少愣了愣："哪儿来的'亿'？"

勒大少拿过名片，顿了两秒："哦，原来中间那是'乂'，不是'小'啊，当时看差了。林小安，你怎么不提醒我？"

别装了，那字你压根儿不认识！

勒大少继续介绍："晏秋，你见过的，我发小儿，铁哥们儿。"

"想起我第一次见阿秋，他漂亮得像个桃子，脸蛋那个水灵，我就忍不住咬了一口。"

晏秋吃菜的动作顿了顿，林乂安突然觉得屋里的气压有点低。

"那时候，阿秋很受欢迎，很多女生给他送吃的，不过阿秋只吃我给的。后来阿秋觉得不好意思，便做了甜点回赠我，这才练出了现在的好手艺。"

晏秋的筷子停住了。

"说起来，我跟阿秋那可是过命的交情……不知道为什么，那时候我们经常被人围堵。"

晏秋已经抚额了。

林乂安小心翼翼地问了句："你们都赢了？"

"一开始没有，后来阿秋去学了格斗，就再也没输过了。"勒大少得意道。

林乂安看向晏秋：不愧是男神，上得厅堂，下得厨房，还能拉出去干架。

林乂安又看向勒大少：真是“革命情谊”……不过，她总觉得哪里怪怪的。

不久之后，林乂安从他们的另一位“青梅”的口中还原了事情的真相。

神秘“青梅”：“你晏男神刚被送来的时候对人就笑，甜得很。从园长奶奶到同班女生，都对他心生好感。”

直到有一天，脖子上挂着纯金长命锁的勒小少爷流着口水说了句“水蜜桃”，捧着小晏秋的脸就是一口……

本来还在羞怯观望的幼儿园小女生们，一见还能这样，都拥了上去……

吓得小晏秋瞬间冷了脸，用目光杀退了她们。

从此，晏男神凛然不可侵犯属性get。

神秘“青梅”：“当然，动嘴、动手、动脚是不敢了，但是女孩子们的热情哪是这么容易退散的……”

小女生们捧着点心、糖果盈盈期盼地望着晏秋。

小晏秋扫过这一圈零食后，心中犯难……这时就见勒小少爷凑热闹地挤上来：“你们那些怎么拿得出手，我这可是我家米其林三星餐厅的大厨做的。”

小晏秋像被解救了似的拿起精致纸盒里的柠檬慕斯……小女生们惭愧败退。

自此之后……

“阿秋，我家大厨伯伯又开发了新品。”

“来尝尝这个，据说卖得很好。”

“这个你一定没吃过。”

“什么？你不要吃？老师，阿秋生病了！”

“哦，你没生病，只是不爱吃这个？”

“阿秋，你看我带来了十样，你随便挑。”

后来……小晏秋带了一盒点心，问他：“我做的，好吃吗？”

勒小少爷忙点头。

“想吃的话，那你以后不用带吃的来了。”

勒小少爷只好再次点头。

从此，晏男神烹饪技能get。

神秘“青梅”：“然后，另一些男生就看他不爽了，没钱、没权、没势、没背景，长得比女生还漂亮……即使是身为女生的我，也非常理解他们的心情。”

“女孩子，女孩子。”妒忌心作祟的调皮男生们指着小晏秋那张漂亮的脸蛋嘲笑。

小晏秋充耳不闻，淡定地走过去。

这时，勒小少爷跳了出来：“你们活得不耐烦了？也不看看阿秋是谁罩着的！”

“你谁啊？”调皮男生们不服气地把他推到了地上。

战斗打响。

小晏秋在原地重重叹了口气，然后转回身来加入战斗。

如此三番五次后……小晏秋索性去学了格斗。

从此，晏男神打架技能get。

林乂安默默听完，内心五味杂陈。

那天的晚餐时间，她全程目光怜悯。

她同情地看着晏秋……怎么能这么倒霉催的呢。

然后她回头慈悲地看着勒大少……这完全是一路被嫌弃的人生啊。

07 ///

第二天，已经遗忘了布朗尼蛋糕的勒大少美滋滋地起来等早餐。

他在餐桌上发现了张字条：我出去见客户了，你的早餐。

然后旁边画了一个箭头。

勒大少顺着箭头看过去：布朗尼蛋糕。

他翻了下，发现字条背面还有一行字：你的午餐。

旁边还有一个箭头。

当然，箭头那边还是那盘布朗尼蛋糕。

勒大少去敲晏秋家的门。

他向晏秋告状：“林小安也太小气了，我就中肯地评价了下她做的蛋糕……”

本来在补觉的晏秋一脸冷漠。

林乂安中午回来时，看见勒大少拉着晏秋坐在餐桌前，一副三堂会审的架势。

勒大少：“为了证明我中肯的评价……”

林乂安：“什么中肯的评价？”

勒大少：“你做的没阿秋做的好吃啊。”

林乂安：好吧，的确也就这一句。

勒大少：“我特意把阿秋请来，现场指点你一下。”

林乂安看向晏秋，而晏秋正看着蛋糕。

勒大少：“阿秋，上。”

晏秋叹了一口气：“面粉用了低筋。”

林乂安看向勒大少：你找的菜谱吧?

“糖放少了，阿昊口味偏甜。”

林乂安又看向勒大少：你嗜甜你不早说?

晏秋想了想：“有剩余材料吗？”

林乂安突然明白过来晏男神这是要手把手示范啊。

林乂安：“有有有。”

最后，勒大少发现，他的晚餐又是一个布朗尼蛋糕。

08 ///

林乂安在闭关。

她又接了个大单，客户要得挺急的。

昨天见过客户后，客户很满意，于是就把手上的另一个单子也交给她了。

其实说实话，她有自知之明，客户之所以看中她，其中九成是因为便宜。

“咚咚咚”，又一轮敲门声响起。

林乂安深吸一口气，然后打开门。

“没水了？”

“有……”

“零食弄撒了？”

“没……”

“游戏卡关了？”

“怎么会？”

林乂安戒备地看着他：“那是……你又想吃什么甜点了？”

勒大少惊惧：“真没。”

林乂安再次深吸一口气：“那您是？”

勒大少摸着脑袋，诚恳地笑：“要不你开着门？看着你，我安心。”

林乂安颤抖着手指指向客厅的沙发：“你是坐那儿的吧？”

勒大少望过去：“是啊，怎么了？”

你没发现你是背对着我的房门的吗？

请问你怎么看？你背后长眼睛了啊？

自己到底哪里得罪勒大少了呢？林乂安深深地思考。

自己竟然要被他这么恶整，还拿这种拙劣的借口。

林乂安虚心地向晏秋求教。

打搅了晏男神练琴的林乂安非常不好意思地正襟危坐。

晏秋擦拭着他的小提琴，抬眸看了她一眼，目光里似有同情：“你就把门开着吧。”

“啊？”

“阿昊就是缠人。”

啥？

林乂安忍不住又点开了先前那个帖子。

她在下面回帖：要是太缠人了，打搅到我工作怎么办？

下面回答：

多陪它出去遛遛。

买一点它喜欢的玩具。

要多跟它沟通，摸摸它的头，叫它乖，听话，许诺待会儿陪它玩。

…………

林乂安看着又出现在门口的勒大少。

她伸出了手。

“乖，听话，待会儿陪你玩。”林乂安踮起脚，揉了揉勒大少的头顶。

勒大少懵懵懂懂地回到了客厅的沙发上。

他一屁股坐下，然后嘴角浮起了傻笑的弧度。

“感觉有点开心呢。”他嘀咕，“不过，好像有哪里不对劲……”

在勒大少的纠结中，林乂安度过了一个安静的下午。

09 ///

后来，勒大少终于在林乂安刷“解决土豪一百问”的秘密小帖子时抓了她个现行。

那帖子所在论坛的抬头：关爱狗狗自助会。

林乂安心虚地想解释：她一开始真没发现这论坛是关于犬系生物的。

“咦？你想养狗啊？”勒大少疑惑地问，“但这公寓不允许养狗，你要是想养，我们得搬家。”

勒大少：“幸好我爹房产多，我表现这么好，给我换个地方应该没问题吧。”

勒大少：“最好把阿秋也拖过去，嗯，就住对门。”

你也想得太远了！

不对，我们前世欠你的啊？

不对，你哪里表现好了？

不对，我压根儿没想养狗啊！

10 ///

宁静的午后，林乂安在赶稿。

勒大少晃悠进来。

林乂安头也不抬："有何贵干？"

勒大少："哦，阿秋说他要给一家店剪个彩，不回来吃饭了。"

当天晚上，两菜一汤。

第二天。

"阿秋说他帮人代个课，不回来吃饭了。"

当天晚上，一份寿喜锅，一人一碗白饭。

勒大少：就给我吃这个？

林乂安："啊，忘了。"她转身回了厨房。

勒大少脸色这才好了点："还有菜，怎么不早点拿出来……"

林乂安端出两个小碗，一个碗里一个打散的生鸡蛋。

林乂安把小碗搁他面前："记得蘸着吃。"

第三天。

勒大少一大早狐疑地看着林乂安："阿秋说要回校当个评委，不回来吃饭了。"

于是果然当天的三餐，他面前都只有一碗咖喱烩饭。

第四天。

"阿秋被他的导师借去……"

晚上，勒大少捧着手心里的外带三明治发出了心灵的怒吼："林小安！"

"啊？"林乂安的心思还在她的画上，她的客户提出了十八条修改意见。

勒大少："又不是我让阿秋不来吃饭的。"

缺眠少觉的林乂安听得迷糊："你不让男神来吃饭的？"

勒大少："什么男神？"

林乂安打了个哈欠："晏秋啊，你的阿秋，我的男神。"

勒大少突然啥都明白了："原来你对阿秋是这心思！"

林乂安感觉脑袋嗡嗡作响："我去改稿了，回头再聊。"

第五天。

终于交稿补觉的林乂安错过了晚饭。

勒大少一脸委屈地啃苹果。

第四章

山岚苏芙

01 ///

林乂安给勒大少做了一桌菜来安抚他。

勒大少控诉："你心里就只有阿秋。"

林乂安无语地给他夹菜。

勒大少继续控诉："没有我。"

林乂安已经有点习惯他这种关注点错误的表达方式了。

"我怎么说也是你的房东。"

是是是，你是祖宗。

"你见色忘义，重色轻友。"

林乂安搁下筷子："其实吧，我觉得您是太闲了。"才会瞎想什么乱七八糟的。

勒大少反驳："我作息这么规律，哪里闲了？"

对，你只是早上八点起来吃早饭，然后玩一上午的iPad，中午十一点半等吃中饭，再玩一下午的iPad，接着晚上六点等吃晚饭，吃完看电视或聊天，最后十点准时睡觉罢了。

林乂安忍不住吐槽："话说你整天打游戏都打赢了吗？"

勒大少："赢了呀。"

林乂安被他一秒噎了回去。好吧，你厉害。

勒大少反应过来自己又被鄙视了，反驳："我也没有成天都在打游戏啊。我偶尔也帮阿涧看看项目书的。”

啥？你还看项目书？

林乂安一脸不信。

林乂安试探地问：“您真的不考虑找份工作吗？”

“工作？”果然，勒大少露出了一脸“为什么我要工作”的困惑。

林乂安动了动手指关节，简直让人手痒。

林乂安露出商务般的微笑：“令尊不是让您出来体验生活的吗？”

林乂安决定举例：“您看，男神天天忙工作。”

勒大少点头。

“您就没什么感想？”

勒大少：“有，我的伙食变差了。”

勒大少一脸严肃：“所以说，林小安，重色轻友是不对的。”

林乂安仰天翻了个白眼。

她决定不在这个问题上纠结了。

就当……这个人的人生意义就是混吃等死好了。

半晌后，勒大少突然再次反应过来：“林小安，我怎么感觉你在鄙视我？”

你才发现吗……

勒大少说：“林小安，与人相处要坦诚，你老这么看着我不说话，瘆得慌。”

“其实我只是在想……”

勒大少点头：“这才对嘛，有话别憋着。”

“男神明明可以靠颜值吃饭，靠声音吃饭，靠智商吃饭，靠才华吃饭，却还要努力工作。而你这浑身缺点，以至于槽点多到无从吐起的人，究竟要怎么活过这剩下的十个半月？”

02 ///

“我也很帅啊。”

“这个主要看气质。”

“我的声音也不难听吧？”

“你闭嘴的时候比较有气质。”

“我的智商很高啊。”

“生活白痴而已。”

“林小安，我以前怎么没发现原来你这么毒舌。”

林乂安闭嘴了。

勒大少站了起来，握拳宣誓：“我要证明给你看，阿秋做得到的事情，我也能做到。”

饭后，勒大少拖着林乂安出了小区，上了一辆出租车。

“我们这是去哪儿？”

“去找阿秋啊。”勒大少摩拳擦掌。

这是要决斗？

林乂安扫了一眼勒大少，虽然不知道男神的格斗技术怎么样，但勒大少的身手她亲手试过，约等于零。

不足为惧。

林乂安放下心了。

03 ///

到了地方，林乂安一看，古树郁郁苍苍，石碑上书法苍劲。

“A大？”

勒大少：“对啊，阿秋被他的导师借去了，我不是跟你说过了吗？”

林乂安：“隔壁那所才是音乐学院吧？”你是不是走错了？

勒大少：“阿秋本科念的是哲学，你不知道？”

林乂安：“哈？”

林乂安有点混乱："等等，你是说……从幼儿园就开始练习小提琴的职业小提琴演奏家——晏秋，大学读的是A大哲学系？"

"那有什么的，阿秋高中还念的理科实验班呢。"

好吧，有才，任性。

林乂安："我还以为男神也是'A音'的。"

"也？林小安你是'A音'毕业的？不对啊，你的简历上明明写着入伍前在云南读的美院。"

你那副"林小安，真看不出来啊"的表情是几个意思？还有，你为什么会有我的简历啊？

"林小安，难道你后来还在'A音'进修过？"

"不是，我只是老家有个姐姐是'A音'的。"

你那副"果然如此"的表情又是几个意思？

"那你呢？难道也是A大毕业的？"

勒大少乐道："当然不是，我大学被送到国外去读了。"

她早该想到的，的确是土豪家的作风。

林乂安突然想起："话说，你一直说跟男神是同校友谊，到底同的是哪所学校？"

勒大少："哦……我记得好像是什么区的私立幼儿园。"

林乂安无语。

那你们的感情能延续到现在，还真不容易啊。

勒大少显摆："你知道阿秋为什么会去学小提琴吗？"

林乂安瞟了他一眼：总不会是跟你学的。

勒大少："当年我爹觉得家里有钱了嘛，总要提升下后代的修养，然后打听了学什么最能提升艺术气质。最后他觉得画画工具太多，钢琴太大不好搬，都妨碍现场展示，于是就给我请了小提琴老师。当时请的莫得大师，莫大师为了表示郑重，第一天上课跟我爸一起来接我。我当时小嘛，本来正跟阿秋玩着呢，结果我爸带着个穿一身黑西装、表情严肃的老头儿，要把我塞进一辆黑色轿车里，吓得我抱着阿秋死不撒手……于是后来阿秋就陪我去上小提琴课了。"

勒大少："再后来，老头儿说他教阿秋一个人就可以了，让我不用学了。"

林乂安对"阿昊就是缠人"有了更深刻的认识。

04 ///

两人一路走到了排练室。

晏秋一抬眼就看见了他们，闭了闭眼睛。

林乂安在心里给晏秋打气：男神，你要面对现实。

晏秋问："你们怎么来了？"

勒大少："我来帮忙。"

"不用了。"

"你别客气。"

"我没客气。"

"你别不好意思，咱俩谁跟谁啊。"

"我很好意思。"

"那就这么说定了。"

晏秋扶额。

事情就真这么定下来了——勒大少强行成了晏秋的帮手……还是在组委会那边挂名的那种。

他喜滋滋地向林乂安炫耀："你看吧，阿秋可以的，我也可以。"

林乂安：你可以个毛线！

你看不见那些排练的学生看男神是崇拜，看你凑过去瞎指挥是嫌弃吗？

你看不见边上的老师对着你直皱眉吗？

你是不是瞎？！

林乂安曾经疑惑：男神这么冷淡疏离的个性，怎么会跟勒大少成为铁哥们儿？

现在她明白了，其根本原因在于勒大少这人压根儿听不懂人话。

能把“强人所难”做到这么“润物细无声”的也是一种人才。

林乂安今天十分深刻地体会到了那句“阿昊就是缠人”的深意。

05 ///

林乂安觉得自己需要出去透口气。

男神不暴躁，她都要暴躁了。

她深刻怀疑男神这高冷沉静的性子，就是被这么磨炼出来的。

她走出排练室，想着不知道这边能不能望到A音，就晃到了天台上。

然后她看见天台上立着个人——白衣翩翩，身姿优美。

不对！那人怎么突然往旁一倾，眼看要倒。

林乂安一个箭步上去接……

没想到那人被她这么一打扰，重心反而不稳了。但对方应变极快，腰脊一折弯出一个优美的弧度，从她的臂弯下绕过去，与她擦身而过。这整套动作行云流水，就如一缕云雾漏过她的指缝。

林乂安才发现这位是个妹子。

但一身简单的棉麻长衣，却被她穿出了翩翩浊世佳公子的风流意味，如清风，如朗月，如山岚……

然后“山岚”笑了笑：“我在练舞。”

哦。

林乂安有些尴尬。

她甚至觉得最近自己是不是水逆。

救个勒大少被他砸胸还说好硬，救个路人反而差点害人家真摔了。

但那人又是温和地一笑，道了声：“多谢。”

啊，她瞬间感受到了什么叫如沐春风。

我好了，我可以，我还能再救十个！

林乂安联想到某人后忍不住在心里做了个比较：瞧瞧人家！

那人道谢后主动介绍：“我姓苏，单名一个‘芙’字，‘芙蓉’

的‘芙’。”

林乂安：“呃……我姓林，名乂安。”林乂安在思考怎么跟人解释这个“乂”字，现在掏出名片好像有点矫情。

可她实在不想把自己的名字说成：就是像个“叉”的那个字。

苏芙微微一笑：“乂安，是取太平之意吧？”

林乂安蒙着点了点头。

苏芙继续道：“给你起名字的长辈一定是个学问人，还有着一颗济世安民之心。”

林乂安内心大声呼喊：看看人家！

人跟人还真是不一样。

她真是越想越来气。

苏芙察觉到她的情绪：“怎么了？谁惹你不开心了吗？”

这位“山岚”，你缺室友吗？会洗衣做饭画画的那种！

“苏苏！”一个女生气喘吁吁地跑上来。

女生：“原本说好帮我们绘制道具的美术系那人反悔了。怎么办？他怎么能这样啊，临时撂挑子，叫我们去哪里找人啊？”

女生简直快哭了。

苏芙上前轻搂住她，安抚地拍了两下：“没事，没事，别气，我们也不稀罕他。”

“对！”女生瞬间就好了。

瞧瞧这“男友力”！

林乂安被这画面“苏”得不行。

林乂安觉得自己需要为此做点什么：“那个……其实我会画画。”

苏芙瞬间看了过来，那温温柔柔的目光就落到了她的身上。

林乂安：值了！赴汤蹈火在所不辞！

女生开开心心地先跑去报喜了。

苏芙带着林乂安在后面慢悠悠地走。

林乂安试探着问：“苏……苏苏，你的迷妹应该也挺多的吧？”

苏芙想了想："迷妹……我没有迷妹吧。"

她半开玩笑道："但我有一整个后宫。"

林乂安：果然！

06 ///

勒大少觉得身边有些空落落的，心里也有点空落落的。

他想了想：咦？林小安呢？

晏秋瞟了他一眼。

晏秋："不去找人吗？"

勒大少："啊？"

晏秋："你的观众都溜了，你这戏还唱给谁看？"

勒大少："也是。"

勒大少："不对啊，阿秋，你是不是想支走我？"

然后勒大少给林乂安打了个电话："林小安你在哪儿？"

勒大少："啊？忙？你在这里能忙什么？"

勒大少："我找你有什么事？呃……"勒大少偷偷瞅了一眼晏秋，排练的中场休息时间，晏秋擦了擦汗，喝着学妹递给他的水。勒大少有了主意："当然是你男神都快被偷了，我好心提醒你一下。"

勒大少："好，我这就带阿秋去找你，你放心。"

电话那头的林乂安：我什么时候跟你说好的？

一分钟后，晏秋无可奈何地被拖走。

等勒大少找到林乂安所在的教室，就看见她拿着画笔对着另一个白衣妹子傻笑。

白衣妹子帮她拨了下头发，凑近说了什么，她还脸红了（其实只是被夸得不好意思了）！

即使对方是个妹子，也不能减少勒大少突如其来的危机感。

勒大少震惊："林小安，你花痴阿秋也就算了，怎么堕落到花痴一个女生？”

林乂安：“人家万人迷属性，你羡慕不来。”

勒大少不服：“想当年，我也是追求者众多，被叫过男神的好吧？”

林乂安表示怀疑。

勒大少回忆“当年勇”：“小时候，好多小女生成天跟在我的后面，赶都赶不走。”

林乂安：“你当时是不是跟男神形影不离？”

勒大少：“那当然。”

勒大少：“你那是什么眼神？阿秋没在时，她们都会跑来跟我搭话。”

林乂安：“难道是打探男神的消息？”

勒大少：“我每次情人节都收到一大堆巧克力。”

林乂安：“你跟男神一人一份？”

勒大少觉得必须要出大招了：“我也是情书收到手软的，里面都夸我聪明，长得又好看。”

林乂安看看晏秋，看看勒大少，又看了看晏秋，再看了看勒大少。

林乂安：“呃……情书上没写名字吗？”

勒大少想了想：“一般就是‘亲爱的’‘男神’‘我的白马王子’这些吧。”

旁边的晏秋仿若事不关己地别开了头。

林乂安感觉自己发现了真相。

林乂安觉得还是有点不对：“那你都怎么回复人家的？”

勒大少惊讶：“这是要回复的？”

你这是把情书当表扬信收吗？！

勒大少总结：“我这叫万花丛中过，片叶那什么来着？”

林乂安习惯性地接：“片叶不沾身。”

不对！你压根儿就没进过花丛。

07 ///

晚上回家，林乂安多准备了两份便当。

勒大少："林小安，你干吗？"

林乂安："明天带去A大啊，今天跟苏苏提起我会做菜，苏苏表示很期待。"

勒大少酸溜溜的："你明天还要去？"

林乂安："当然，道具还没画完呢。你不去了？"

林乂安："那也好。"林乂安重新从冰箱里拿出食材，"那我再给你准备一份当明天的午餐吧。"

勒大少："我不要吃隔夜的！"

林乂安："……"

林乂安："那行，大少爷，我明天早上给你做。"

勒大少：嗯？自己不爽的原因好像不是这个。

勒大少：我是想要你跟我一起吃啊！

勒大少："你平时不都要在屋里闭关吗？"

林乂安："最近正好没接新单。"

勒大少震惊了："你忙的时候都没空理我，然后你空闲了就去帮人家做义工？"

勒大少表示好气："我比不上阿秋就算了，竟然连你才见了一面的'苏苏'都比不上？！"

林乂安："我们……好像就是房东和房客的关系吧？我的空余时间为什么要花在你的身上——陪吃、陪喝、陪聊，我是'三陪'吗？"

勒大少沉思了三秒："'三陪'不是陪吃、陪跳、陪睡吗？"

林乂安：你很懂嘛。

勒大少谆谆教诲："林小安你不能对人家有想法！"

林乂安：这都哪儿跟哪儿啊……

林乂安："哎？"她突然灵光一闪，"苏苏这人设简直是后宫漫画主角的集合体，绝对是爆款的存在。而且以她为原型，素材一抓一大把。我一直想开一本连载……哎呀越想越可行。"

林乂安执起勒大少的手："谢谢你啊大少爷。"她朝自己的房间飞奔而去。

勒大少的反应从来没这么迅速过。

他借着腿长的优势几步拦在了林乂安面前。

勒大少："等等！"

林乂安："干什么？"

勒大少："我的人设不够'苏'吗？为什么我我我……我不是你的主角？"

林乂安沉默了。

林乂安抬头，带着点疑惑地问他："你……到底对自己有什么误解？"

08 ///

第二天中午，勒大少捧着自己那盒便当，食不下咽。

他满腹的寂寞、失落、委屈没法排解。

他想了想，给晏秋发了一条信息：阿秋，你什么时候回来？我好想你啊。

晏秋冷漠地回了个问号。

林乂安正好来给晏秋送便当——反正都要早上起来做，多做一份还是两份也没差多少。

晏秋看着林乂安若有所思。

林乂安："呃……怎么了？"

晏秋："阿昊想你了。"

林乂安："什么？"

09 ///

当天晚上，勒大少终于等到林乂安回家了。

一顿晚餐在沉默中吃完。

林义安和勒大少同时开口："你……"

林义安："你先说。"

勒大少："你明天还要去吗？"

林义安想起那句"阿昊想你了"就有些心绪不宁。

林义安："不去了。"

她又补充了一句："大形已经画完了，剩下的填色，苏苏说她们自己可以搞定。"

勒大少以肉眼可见的速度愉快了起来。

他本就长得好，这一笑就像暗夜里照入了阳光。

他笑得林义安更加心绪不宁了。

勒大少："到你说了。"

林义安含混道："你跟阿秋说想……（我）了是什么意思？"

勒大少："啊？"

勒大少："没什么意思啊。我经常跟阿秋说想他了。"

勒大少："这很正常吧。你跟你的朋友不这么说吗？"

林义安："哦……"

林义安的心绪瞬间重回平静。

10 ///

勒大少："那我们明天干什么？"

林义安一脸冷漠："画画。"

勒大少："啊？"

勒大少："你不是没新单吗？"

勒大少嘀咕："我还以为可以出去玩呢。"

你还真当我是"三陪"啊！

林义安："我要开漫画连载。"

林义安想到了什么有点愤愤不平，突然问勒大少："要是有同性拒绝你，你会怎么样？”

勒大少：“啊？”

勒大少一脸不可思议：“林小安，你不会以为我跟阿秋说‘我想你’是告白吧？真不是，你脑袋里都在想啥呢？”

林乂安：“想你”用得真随性。

勒大少反过来发问：“那苏苏拒绝你，你会怎么样？”

林乂安提到这个更加来气：“反正不会像某个小人一样造谣、中伤她。”

林乂安：“你知道吗？苏苏当年本来很有可能是第一届《舞林争秀》的冠军……”林乂安又叹了一口气，“算了，陈年旧事不提了。”

勒大少：“呃……武林争秀？”

勒大少：“哈哈哈，那你的苏苏比赛时是用刀还是使剑啊？冠军是不是武林盟主？”

林乂安：“哎？”

林乂安的脑海里突然浮现一个画面：

苏芙素衣如雪，立在船头，江上缥缈，衬得她飘逸如仙。

有敌袭来，她飘开一步，击出一掌，就如一团云雾蓦地散了又聚……

简直不要太适合！

林乂安：“好，就画武侠了。”

勒大少：“哎？”

第五章

灵感创作

01 ///

林乂安趁着脑中灵感泉涌开始打人设草稿。

勒大少出现在她的背后，看着画稿中间大大的苏芙，咕哝：“你还真是喜欢苏苏……”

勒大少指着另一个人物：“这个是阿秋吧？”

勒大少又扫了一遍，问：“我呢？”

林乂安停笔，沉思：我该怎么告诉他，没打算画他呢？

勒大少：“武侠里经常出现什么‘京城四少’，那我们就‘三大公子’吧。我看苏芙就叫多情，本大爷就叫多金，哎，阿秋多啥呢……多愁？多心？多姿多彩？多灾多难？哈哈哈……我看就多云好了。”

等等，你别给我乱添设定。

还有，多云是什么鬼？男神在你心目中到底是个啥？

林乂安最终还是画了三公子的故事。

不但如此，她还把甲、乙、丁没有丙的“京城四少”也加了上去。

当然，甲乙丁太俗了，她直接改成“梅兰菊”吧。

她把第一章发到了微博上。

勒大少看完后问：“我呢？”

林乂安指着最后那个富少："这不是？"

勒大少："三分之二你画了苏芙，三分之一你画了阿秋，我就出现这么一格，还是个背影？"

林乂安："有出场就不错了。"

勒大少："说好的我是主角呢？"

林乂安："谁跟你说好了？？"

勒大少盯着她："你果然喜欢苏苏和阿秋。"

勒大少显得有些难过："但林小安，你竟然一点都不喜欢我。"

勒大少失魂落魄地离开了。

林乂安呆愣了半晌，好一阵子才又从这近似告白的哀怨里缓过来。

喂！不就是一幅条漫的出场嘛，有必要搞得像我抛弃你一样吗？！

她泄愤似的迅速把标题改成了：说好的我是主角呢？

哼，你当一路的吃瓜群众去吧！

02 ///

第一章漫画一经发出，就获得了苏苏"后宫"的激情转发，有了不小的热度。

甚至林乂安的粉丝数都涨了不少。

林乂安获得了面对甲方爸爸时从未体验到的成就感与快乐。

她之后画完了个小单，就又投入第二章的激情创作中。

但林小安，你竟然一点都不喜欢我。

勒大少的这句话在她落笔的时候萦绕不去。

在第二章中，林乂安不自觉地给了"多金公子勒昊天"三分之二篇幅的戏份，显得特有排面。

她说服自己：这只是剧情需要。

勒大少已经安静好一阵子了。

安静到晏秋都在百忙之中发来微信，问她：阿昊怎么了？

呃……这叫她怎么回答？

因为勒大少误以为我一点都不喜欢他？

不对啊，这怎么说得好像我喜欢他一样？

林乂安想了想，回了句万能的回答：没什么。

晏秋收到回复后皱了皱眉。

他思考了三秒，决定今晚回家吃饭。

03 ///

晏秋在餐桌前坐定。

晏秋："说吧，你又怎么了？"

勒大少嘀咕："我没怎么啊。"

晏秋："上次你半个月没打扰我，是你爸要把你赶出家门，你跟他置气。"虽然最后还是被赶出来了。

晏秋："上上次你半个月没打扰我，是我出国遇险没告诉你，你闹了半个月的情绪。"

晏秋："所以这次你又是为了什么？"

勒大少惊道："阿秋，我给你打电话、发信息那是为了稳固我们友谊的桥梁，怎么能叫打扰呢？"

勒大少感觉很受伤："你们一个两个的果然都嫌弃我。"

晏秋："那我换个说法。"

晏秋："上次你半个月没理我，是因为你跟家里闹翻不想牵连我。"

晏秋："上上次你半个月没理我，是我出国遇险却瞒着你。"

晏秋："所以这次你又是为了什么？"

勒大少表示满意，告状道："还不都是因为林小安！"

晏秋洗耳恭听："嗯。"

勒大少：“她可以花痴你，可以花痴苏苏，但她竟然不花痴我！”

勒大少：“你说我一个帅哥摆在这边，要钱……呃……要势……呃……要才有才，要貌有貌，她怎么能视而不见？”

勒大少：“她竟然宁愿去花痴一个女生！”

勒大少：“亏我对她那么好，我在她心里竟然还不如那个就见过两面的苏苏！”

勒大少：“你说她过不过分？”

晏秋：“阿昊……”

勒大少：“啊？”

晏秋：“你是不是吃醋了？”

勒大少震惊：“阿秋你怎么会这么想？”

晏秋：“你看，你为了她向我求票。”

晏秋：“你还主动帮她打下手，端盘子洗碗。”

晏秋：“我给你做饭的时候可从来没见你动过一个手指头。”

勒大少语重心长：“我对林小安好，那只是为了保命。”

勒大少：“你不知道她疯起来有多可怕。”

晏秋抬眼看了看勒大少背后端着菜的林乂安。

他露出了一个玩味的笑：“嗯……你继续。”

勒大少：“但她一点都不知恩图报，说好我是主角之一的，但她那漫画里我就出现一小格的背影。”

林乂安走到桌边，露出一个堪称慈爱的笑容：“下一章你会有三分之二的出场篇幅哦。”

勒大少心一抖，扭头朝林小安扬起笑容。他本身长得很好看，无奈笑得太心虚，嘴角有点僵硬。

林乂安在心里恶狠狠道：但下下章你就给我当路人去吧！

04 ///

A大音乐节如期举行。

勒大少靠着晏秋的关系搞到了内场票，中轴线附近，从前往后数第六排，位置极好。

勒大少嘚瑟："不错吧，我特意让阿秋给我们留的。"

前排的几个妹子频频回头。

勒大少："知道你喜欢他，我把你的位置安排在他旁边。"

勒大少："不过阿秋还在忙，不知道什么时候过来。"

前排的一个妹子忍不住回头问："请问……你们是晏学长的……"

勒大少："生死之交。"

妹子们一脸疑惑。

勒大少给妹子们讲了一遍他跟晏秋共同抗敌的事迹，迅速打开了话题。

妹子们听得惊呼连连。

林乂安：呵，不过是小朋友打架而已。

妹子："说起来晏学长为什么会在读研前夕突然决定放弃哲学重拾小提琴？"

勒大少："因为当小提琴演奏家成名后来钱比较快吧。"

妹子："那晏学长跟家里……"

勒大少："没啥联系了吧。"

妹子："那晏学长曾说有个人对他很重要……"

勒大少："那当然是我啊。"

勒大少犹嫌不够还补充了一句："阿秋又没什么别的朋友。"

林乂安瞥了勒大少一眼：你给男神立的是什么贪财、叛逆又孤僻的人设？你其实是男神对家派来的黑子吧？

几个妹子受到的打击似乎很大。

勒大少："哦，也有可能是他前女友。"

妹子们倒抽一口冷气："晏学长还有前女友？"

勒大少："你们真奇怪，阿秋有前女友有什么奇怪的？他以后还会有现女友呢。"

妹子们受到的打击更大了。

勒大少见林乂安在看他，嘿嘿笑了笑："林小安，你是不是对阿秋的前女友也很好奇啊？”

林乂安挣扎了下，在妹子们期待的目光中点了点头。

勒大少：“其实那时候我在国外念书，我也不太清楚。”

林乂安目露凶光。

妹子们也目露凶光。

勒大少：“呃……我还想起一件事。”

勒大少：“听说大学那阵子，阿仃他们曾经去阿秋打工拉小提琴的西餐厅捧场。那西餐厅还挺考究的，配了钢琴协奏。”

勒大少：“然后他们不停地说这里的演奏多么糟糕，以前在国外听过的某场音乐会多么好。”

林乂安：你确定这是捧场不是踢馆？

勒大少：“呃，阿仃当时的女朋友就说其中一首曲子的技巧多么高超，没点水平肯定弹不好什么的。”

勒大少：“突然，”他顿了顿还故意环视了一圈，“刚刚还弹着蓝调曲子的钢琴手用一段华彩吸引了全场，接着琴音再响起时就是另一首风格完全不同的曲子，阿秋的小提琴也适时地和上，两人默契爆表，完美合奏。”

勒大少：“当时现场气氛一下子被炒到了最高点，在场的人喝彩的喝彩，鼓掌的鼓掌。”

勒大少：“然后那个钢琴手弹完走下来，是一个长发飘飘的美女。她站在舞台边沿，就那么笑容温婉地看着阿仃的女朋友问：‘是这首吗？’”

勒大少：“阿仃的女朋友当时没反应过来，估计还在想这曲子怎么听着有点耳熟，然后被阿仃尴尬地拉走了，哈哈哈。”

勒大少：“估计那美女就是阿秋传说中的前女友吧。”

妹子喃喃自语：“能得到晏学长喜欢的果然是女神级别的人啊。”

事后林乂安疑惑：“你那些八卦从哪儿听来的？”反正不可能是男神告诉你的。这么丢脸的事，“甲乙丁没有丙”的“土豪团”也不可能八卦给你听。

勒大少得意道：“我也是有一个秘密线人的嘛。”

05 ///

林乂安发现，除了晏秋的空座，旁边还留了个座位。

“还有谁要来？”

勒大少：“就是你们很想见的……”

坐在前排的妹子们立马又转过了头。

勒大少：“西餐厅事件发生时也在现场的……”

妹子求证了下：“是女的吧？”

勒大少：“当然。”

另一个妹子继续求证：“不是那位阿仃的女朋友吧？”

勒大少：“当然不是。”

大家深吸一口气：“难道是……女神大人？”

勒大少：“对，就是我的线……哈？女神？”

正在这时，一个美女出现，踩着细高跟，妆容精致，长发飘飘，俯身微笑着对第六排走道口的男生说了句：“麻烦让一下。”那男生慌忙起身，还不小心撞到了膝盖。

果然是狐狸精级别，啊不，女神级别的美貌与气场，大家对她的身份又有了几分确定。

美女径自在勒大少的身边坐下。

勒大少盯着她欲言又止。

美女瞟过来一眼，吐出一句十分利落豪爽的话。

她说：“有屁快放。”

大家倒吸一口冷气。

勒大少犹豫：“电视剧里那些，说着这是我一个朋友的故事，其实十成十在说自己的事……原来是真的啊。”

美女不耐烦：“什么？”

勒大少有点失望：“原来你就是阿秋念念不忘的女神啊？”

美女似乎有点蒙：“我？女神？女神经还差不多。”

06 ///

“女神经”搞清楚了事情的原委，气愤道：“我当然不是。”

“女神经”搂住了勒大少的胳膊，突然小鸟依人：“你好没良心，你明知道我是最爱你的。”

这次轮到林乂安有点蒙了。

勒大少：“不，你第一爱钱，第二爱八卦，你才没空爱我。”

勒大少嘚瑟：“而且我现在没钱了。”勒大少欢乐地补充了一句，“比阿秋还穷。”

“女神经”：“没关系，你爸有钱就行。”

勒大少被这句话噎了下，看着“女神经”沉痛地想：

不，他绝对不要找一个这样的女人。

他还是比较喜欢安静的，办事能力又强的，还不是看中他的钱的女人。

勒大少想着想着转头望向了身边的林乂安。

林乂安疑惑：你看我干吗？

07 ///

“女神经”瞟见了这一幕。

她起身坐到了晏秋的空位上。

林乂安被她盯得发毛：“呃……你好。”

“女神经”：“我不好，我怎么不知道阿昊身边来了你这么一个小妖精？”

林乂安：这是什么正宫大战小三的对话！

林乂安觉得需要澄清一下：“呃……我对这位大少爷没非分之想。”

勒大少哼哼：“她对阿秋才有非分之想，阿秋来吃饭就是满汉全席，阿秋不来就让我啃三明治。”

林乂安：你怎么还在记仇这件事！

“女神经”：“哦？我怎么不知道你俩还同居？”

好了，更说不清了，林乂安决定沉默是金。

勒大少："林小安你竟然还默认了！"

林乂安："哈？"

勒大少："你还真对阿秋有非分之想啊。"

林乂安察觉到旁边虎视眈眈的"女神经"，觉得此刻还是撇清跟勒大少的关系为好。

她一闭眼，认了："我对我男神有非分之想不是很正常吗？你问一下这圈女生，谁对晏秋没非分之想？"

妹子们都转过头来拼命点头。

勒大少又被噎了半晌没说话。

"女神经"突然"扑哧"一声笑了。

她对林乂安突然热情了起来："哎呀，原来是误会，还不知道你叫什么呢？"

林乂安："呃……我叫林乂安，幸会。"

"女神经"："你客气了，叫我钱多多就行。"

林乂安："哎？"还真有人的名字起得这么随性？

"女神经"补充："或者叫我钱超多、钱万亿也行。"

原来是骗我玩儿的……

勒大少："你叫她阿钱就行，她不喜欢别人叫她全名。"

好吧……起码姓是对的。

林乂安最后还是知道了"女神经"的名字。

她问了晏秋。

晏秋："她单名一个玫瑰的'玫'字。"

林乂安："很普通的名字嘛……"她到底为什么这么嫌弃……

晏秋："你念一遍。"

林乂安："钱玫……"哦……钱没……

08 ///

当天，音乐节落幕。

林乂安在勒大少和钱玫的左右包围下什么都没看进去。

还没散场她就借口找苏苏先溜了。

而晏秋一直在忙，那个空位也一直空到了最后。

妹子们很遗憾。

钱玫也很遗憾。

她总觉得一场本该上演的修罗场没了，那感觉就像损失了一个亿。

勒大少嘀咕："苏苏，又是去找苏苏。一个女生有什么好花痴的呀？"

钱玫心思一转："阿昊，你是不是宁愿你的小安安把心拴在晏秋身上？"

勒大少："啊？"

钱玫："都说旅行最能让感情升温了，我们不如凑个四人行啊。"

勒大少戒备："阿钱，你又打什么鬼主意？"

钱玫突然又发起嗲来："人家就是想跟你多亲近亲近，能打什么主意呀？"

勒大少抖了抖。

勒大少决定直接无视她。

09 ///

第二天，晚餐。

晏秋说："我明天去苏州，一个乐团的工作，持续五天。"

林乂安："苏苏说她明天下午没课，我决定去找她玩，顺便取点材。"

勒大少：又是苏苏！

勒大少不由自主地想到了钱玫的馊主意。

勒大少："我们也跟着阿秋去苏州玩吧。"

晏秋重申："我是去工作。"

勒大少："我还没去过苏州，现在是秋天，正好去赏菊。"

晏秋已放弃重申。

勒大少："林小安，你不是要画园林吗？正好去苏州啊。"

林乂安："没钱。"

勒大少：“我请你嘛。”

林乂安下意识地反问：“你有钱？”

勒大少沉思，发现自己身上的确一块钱也没有了。

晏秋决定不提醒他们那张白金副卡的存在。

正沉思着的勒大少突然收到一个微信红包，上面写着“顾问费”。

对方又发来了一句：阿昊学长没有功劳也有苦劳，顾问费还是要给的，顺便再替我们组委会跟晏学长道个谢。

勒大少惊讶地自言自语：“原来随便指点两句也能赚钱啊。”

林乂安好奇地凑了过来。

勒大少愉快地点开红包收了那八十八块大洋。

林乂安：人家在嘲讽你只会捣乱，你没看出来吗？还八十八？这是遣散费吧……

勒大少突然想起了什么，一个电话打给阿涧。

阿涧接起：“什么事？”

勒大少：“阿涧，我发现你欠了我很多顾问费。”

阿涧：“哈？”

勒大少：“你都抽个一成给我吧。”

阿涧不可思议：“一成？”

勒大少想了想：“嗯……那1%也行。”

阿涧晓以大义：“阿昊，那是你爸公司的项目，是给你家挣的钱。”

勒大少不服：“你不也是我家人嘛，我爸还发你工资呢。”

阿涧试探：“要不……我给你五千当零花，别告诉你爸。”

勒大少转头问林乂安：“五千够我们去苏州玩不？”

林乂安：“够了。”

勒大少：“那好吧。”

这打发得轻松到不可思议。

阿涧不确定地问：“那我们的‘顾问费’两清了？”

勒大少：“嗯，转到我的微信吧。”

勒大少挂断电话：“林小安，我们去苏州玩，阿涧请客。”

阿涧看着手机，另外一只手上是一份刚签订的土地收购合同——

公司打算在这里建一个度假村。

原本看中的地点有两处，高层对此也争论不下。

一周前，他发邮件给阿昊，还附带了详尽的数据报表以及当地照片。

最终在阿昊的“直觉”判断下选了这里。

勒大少对阿涧来说，相当于足球界的章鱼保罗。

勒大少在数据上的敏感度，以及天生的幸运值，导致他瞎选的准确率高到让阿涧迷信。

起先，阿涧只是想借口培养一下这位大少爷对自家公司的兴趣。

省得他一直吊儿郎当，不务正业，把勒叔气得从家到公司都鸡飞狗跳。

他作为勒叔的下属兼亲侄子，只想谋求一份安宁。

结果他这堂弟直到被踢出家门，也还是那副老样子。

反而是他把阿昊当章鱼保罗用得顺手到停不下来。

他神情复杂：“这小子，到底对我经手的那些项目的价值有没有概念……”

10 ///

于是第二天，晏秋发现门口站着拖了行李、兴致勃勃的两人。

晏秋垂眼沉默了几秒：“我的行程前几天就定好了。”

“啊，阿涧说他联系了你的经纪人，帮你退票重买了，顺便加买了我跟林小安的。”勒大少一脸“你放心”的得意样，“连座哦。”

晏秋：行吧……

林乂安感叹：万能的阿涧。

勒大少在出租车上谈起阿涧：“阿涧从小就很靠谱，就是那种传说中的别人家的孩子，小小年纪，聪明又嘴甜，还很有商业头脑，我爸一直恨不得两家抱错了孩子。”

勒大少说：“你看，多靠谱的一个现成继承人啊，我爸这人就是太古板。现在新兴的大企业，谁还父传子、子传孙啊，都是创始人还没老呢，就退居幕后，董事长当一当，分红拿一拿，多享福。”

勒大少：“所以，既然我家里不愁吃穿，干吗非要我硬着头皮抢那群专业人士的饭碗去经营公司呢，也不怕企业毁我手里。我嘛，既然算富二代，就要充分享受这个福利，吃喝玩乐就好了。阿秋你说对不对？”

说得真是厚颜无耻、有理有据到让人无言以对……其实中心思想归根结底就是你混吃等死就好了是吧？

晏秋既没赞同，也没反对，微微一笑：“嗯，反正你从小就是主意最大的那个。”

车外暖阳、绿树，车内挚友、房客。

勒大少靠上椅背，感叹：“现在的生活就很好。”

他似乎觉得没表达清楚，又补充了一句：“很好。”

林乂安忍不住泼了他一盆冷水：“一年后呢？”

勒大少：“啊？”

林乂安：“你爸妈给你一张副卡是让你在外面待一年，那一年后呢？你不回家吗？”

勒大少：“呃……我可以继续住啊……”

林乂安：“卡里的钱总会用完的，到时候，你拿什么生活？现在你之所以这么优哉，是因为有一间完全不用付租金，甚至连物业跟水电费都不用付的公寓。帝都的房价有多贵，你知道吗？就比如我，我一个月挣的钱有时候都不够用来交房租的，所以我才会忍受那么苛刻的条件当你的房客。如果你爸妈不给你钱了呢？不给你房子住了呢？你拿什么跟他们希望你做的事抗争？我接单、赶稿、攒钱，就是为了一年后即使没有你这边的收容，我也可以不回家，不接受家里安排的亲事，可以在帝都立足。”

勒大少惊愕：“你家里竟然给你安排了亲事？！”

林乂安感叹：这每次的重点，到底该说你抓得准呢，还是不准呢……

勒大少似乎这才意识到林小安并不会永远租他的房子，他也不会永远跟晏秋是对门的邻居。

晴空万里，他却如遭雷劈。

第六章

苏州之行

01 ///

晏秋的工作是跟一个小型交响乐团共演，地点在一个私人沙龙会所。

外人根本进不去会所，不过还好林乂安跟勒大少本身对这种古典交响乐也不太有兴趣。

勒大少带林乂安跟晏秋分道扬镳后就直奔老街。

他目标之明确，行动之果断，还是让林乂安惊讶了一下。

勒大少一路走一路介绍："这条历史古街，延续了唐宋以来的城坊格局，据说是苏州古城保存最完整的一个街区，堪称苏州古城的缩影，光文物古迹就有一百多处，你可以慢慢取材。"

林乂安："哎？"

勒大少："这边的卤味有名，但偏甜，估计你不爱吃。"

林乂安："哎？"

勒大少："看见这口井了没……"他突然胳膊一拦，护着林乂安避让过一个骑着山地车的路人，"林小安，你发什么愣啊？怎么心不在焉的？"

林乂安：不是，你不是说没来过吗？你怎么这么熟？

林乂安盯着他，就像看着一个陌生的导游AI。

勒大少撇了撇嘴："难道你不喜欢？"

勒大少委屈："亏我还查了一晚上的攻略。"

勒大少：“我还把地图都背下来了。”

林乂安：“没……没啊，我很喜欢。”我简直受宠若惊好不好！

林乂安：“你这路线……是特意为我制定的？”

勒大少又开心了起来：“当然。”

他的声音太过雀跃，笑容太过甜，像把整条老街的阳光都裹了进去，灿烂得耀眼。

林乂安的心不由得漏跳了一拍。

勒大少继续说：“等一下我们顺着这条路去耦园。那园子不大但很精致，后面还有驳船码头，你画漫画时用来当建筑格局的参考再适合不过。”

林乂安有些感动：“你功课……做得还挺全的。”

“那是，”勒大少一得意不由得说了心声，“我就想对你好嘛。”

我对林小安好，那只是为了保命。

这句话突然回响在林乂安的脑海里，犹如一盆凉水泼了她满头。

呵呵，我不会再中招第二次，林乂安如是想。

这很正常吧。你跟你朋友不这么说吗？

又一句话冒了出来，给她加了一盆冰。

一些绯丽的念头，就这么被林乂安全部压了下去。

02 ///

明明昨天还挺美好的，为什么今天他会蹲在博物馆前的大水池前数金鱼？

哦，对了，因为他说了句：博物馆有啥好看的，他才不去……

于是阿秋和林小安很安心地应了个“哦”，然后结伴走了。

真是无情无义、无法无天，说好的“三权分立制度”呢？不是说当三个小孩出行，在A、B达成一致要去博物馆，而C想去游乐园的情况下，应该综合考虑到C的利益，对他做出补偿，由A、B给C购买一支冰淇淋，然后A、B、C三人一起和乐地出发去博物馆的吗？

即使采用不那么公平的少数服从多数制，也应该是A、B投票占多数，强制C同意去博物馆，然后C勉为其难地跟着A、B去了啊。为什么C会被丢下呢？

我们不是应该“三位一体”的吗？

“真是太过分了。”勒大少拿树枝戳着水面说。

林小安就算了，但阿秋怎么能这么对他？

勒大少啃着牛仔骨，含混地嘀咕：“阿秋怎么能这么对她？”

林小安碗里的菜就没少过，不就是菜离她稍微远了点，有必要每次都帮她夹吗？

公筷几乎没离开过阿秋的手！

没发现我坐得也挺远的吗？

从小到大，阿秋从来没给我夹过菜！

你们到底说了什么好笑的？

你们聊得很开心嘛。

林乂安控诉：“最过分的一次，林木他抓了一条色彩斑斓的毛毛虫说要送给我。他就那么死蠢地放在手里，跟我说有多可爱。我吓得一动不敢动，只知道抹眼泪哭。结果可想而知，那些毛弄得他满手、我满脸，两人都哭得撕心裂肺。还好引来了姐姐，带我们回家抹了药膏，然后林木被她吊在那棵爬满色彩斑斓的毛毛虫的树上半天。姐姐也是混世大魔头，边看着林木边狞笑，说：‘别担心，你身上药膏的气味能驱虫，它们不敢爬过来。’就这样，林木竟然没心理阴影，心也是真大。所以从小，我们三个就是一条食物链，林木克我，姐姐克林木，然后姐姐疼我……”

晏秋看着她，笑得眉梢眼角尽是温柔。

勒大少突然觉得嘴里的牛仔骨啥滋味也尝不出来了，只是嚼得腮帮子疼。

勒大少突然想起来，重点是，阿秋不是有工作吗？为什么会陪他们游玩？

晏秋答："沙龙每天五点入场，所以我三点过去准备就可以了。不过午夜才散场。"

林乂安："真是辛苦。"

勒大少嘀咕："哪里辛苦了，阿秋平时巡演更忙。"

林乂安瞟了他一眼："反正比你忙多了。"

勒大少："你什么意思？！"

03 ///

晚上，勒大少给钱玫打电话。

"今天去吃饭的路上就光听林小安在讲阿秋多厉害了，完全是一个博物馆文史讲解员。我昨天不够厉害吗？讲得不好吗？"

钱玫："呵，你不是不带我去吗？现在又打电话给我干什么？"

勒大少顿了顿，决定无视她，继续讲："等到吃饭，她又开始讲她小时候的故事了。"

"我从来不知道林小安能这么啰唆，我一直以为她挺安静的。"

"那么烂俗的故事，阿秋竟听得津津有味。"

"他边听边笑，还边给林小安夹菜，那眼神简直是春波荡漾。"

"还有那个什么林木，一听就是个熊孩子，不是啥好人。"

"我小时候调皮捣蛋的事多了，也没见阿秋有哪次笑得那么开心过。"

钱玫：嗯，如果晏秋不是被殃及的那条池鱼的话。

钱玫打断他，柔声劝："你旅游的目的不就是想让小安的心拴紧在晏秋身上吗？现在不是达成了？"

勒大少想了想："嗯……可我没想让阿秋的眼睛拴紧在林小安身上啊。"

勒大少："哎？"

原来如此！

勒大少觉得他找到了自己心里不舒坦的症结所在。

他豁然开朗。

原来是为了阿秋啊！

他相信“天降”一定敌不过发小儿的，他跟阿秋二十几年的感情是不会被林小安短短几天的旅游交情所打败的！

刹那间，勒大少又充满了信心与希望。

04 ///

勒大少觉得还是要验证一下他跟阿秋之间的“过命交情”。

于是他问了个非常老套的问题：“阿秋，我跟林小安掉水里，你救谁？”

晏秋：“你。”

勒大少顿时觉得神清气爽，得意地看向林乂安。

晏秋：“你可以再问一遍。”

勒大少：“啊？”

晏秋：“你可以再问小安一遍。”

勒大少：“哦……林小安，我跟阿秋掉水里，你救谁？”

林乂安也一秒回答：“你。”

勒大少突然觉得，这好像并不是什么值得高兴的事。

勒大少决定再接再厉，问个浅显一点的问题。

他问：“我跟林小安，谁比较好？”

晏秋看了他一眼，莫名地笑了笑。

晏秋说：“通常这种问题会先建立个情景假设。”

勒大少：“啊？假设？”

晏秋：“假设现在沦落荒岛，身边只能留有一人，谁比较好？”

勒大少：“你们肯定不会选我。”

晏秋：“嗯，结果明确。”

勒大少不死心地问林乂安：“你现在要是沦落荒岛……”

林乂安拍了拍他的肩：“放心，我野外生存成绩很好，多你一个也不怕。”

林乂安补充：“再说了，怎么能让男神沦落到荒岛这种一点都不优雅的地方呢。”

勒大少受到了连击伤害。

勒大少的友谊验证之路遭受了沉重的打击。

于是他打电话给钱玫：“如果有人给你一亿，让你放弃我，你会怎么办？”

钱玫：“No way（没门）。”

勒大少终于感受到了一丝安慰。

钱玫：“你的身价才不止一亿。”

勒大少立马丢开了电话。

他气呼呼地咕哝：“我果然不该对你抱有希望。”

05 ///

勒大少把这口气憋到了第二天。

林乂安莫名觉得周围好像少了点什么。

若这是武侠小说，此时主角会发现四周人声鼎沸，却少了虫鸣鸟啭，继而暗叫一声，发现中了埋伏。

若这是灵异小说，主角会发现周围的人一个个变少，但大家交谈自如，似乎完全没发现异常，然后主角在下一个就轮到自己的恐惧中，开始试图逃离这个根本逃不出去的空间。

然而这里什么都不是，林乂安开了一圈脑洞后，发现原来是勒大少到现在都没说过一句话。

清静，她真心地感叹。

06 ///

旁边旅行团的导游在介绍一座石雕狮子。

导游说：“石狮向来镇宅聚财，而这里的石狮最为灵验，大家可以摸一下狮头，能发财。”

林乂安一听，伸手就摸了四下。

勒大少终于开了金口：“这么贪，哼哼，小心四大皆空。”

林乂安瞪了过来。

勒大少笑得灿烂，终于又觉得神清气爽了。

“四大皆空”是这么用的吗？你等这么半天，就为了噎我这一句？！瞧你那点出息！

林乂安决定扭头不理他。

她突然觉得旁边旅行团里有个身影有点眼熟。

她跟那人对上了视线。

“林乂安！”那人暴喝。

林乂安下意识地退了一步，往勒大少身后躲了躲。

下一秒，她就明白过来自己此举不过是掩耳盗铃。

勒大少这时候倒反应极快，立马英勇地把林乂安护在了身后。

他摆开了架势问：“来者何人？”

那人一愣，下意识地回了句：“大理段氏。”

“咦？”勒大少喷笑，“哈哈哈，阿姨，您跟段誉是不是亲戚——啊！林小安！”

林乂安一手肘把勒大少的话撞回了肚子里。她探出身，弱弱地喊了一声：“妈。”

勒大少小声：“你妈怎么这么好玩？”

林乂安小声：“好玩你个头，我家就在大理，我妈就姓段，不行啊！”

勒大少：“呃……行。”

林乂安决定回去就把勒大少iPad里那个《天龙八部》的手游给删了。

林母上下打量勒大少：“林乂安，我说你怎么不回家呢，敢情是在外面找了个小白脸？”

妈，您不要说得跟捉奸一样好不好……

勒大少对自己的身份有点不适应：“小白脸？我哪里白了？”

勒大少不服地嘟囔：“我怎么着也是个高富帅。”

林乂安小声吐槽：“跟林木比起来，你很白了。”

勒大少又听见了一次“林木”，觉得这个名字更刺耳了。

林母评估了一下勒大少的战斗力：“我家乂安可是从小就说要嫁给大侠客、大英雄的，就你？”

勒大少毫无压力地拍了拍胸脯：“那是，我从小就跟恶势力作斗争。”

你那幼儿园的战绩就不要再拿出来说了好吗？而且不都是男神揍趴下的吗？

林母说：“光小安认可你可不行，想进我们家门，得我们全家人考察过才行。”

勒大少自信地点头：“您随便考。”

林乂安：“妈，他不是……”

林母继续质问：“你们的关系到哪一步了？”

勒大少：“哦，我们住一起。”

林母的音调又拔高了半分：“林乂安，你竟然敢未婚同居？”

林乂安：“妈，我不是……”

勒大少：“阿姨，都什么年代了，未婚同居很正常嘛，试婚有助于降低离婚率。”

林母：“还试婚？你们认识多久了？”

勒大少：“有两个月了吧。”

林母：“两个月？！”她指着林乂安，已经说不出话来了。

林乂安简直崩溃，瞪向勒大少：你能不说话吗？！

林母一手抓向林乂安：“走，你跟我回去！”

林乂安闪了过去，苦着脸试图解释：“妈，他说话乱七八糟的，您别听他的。虽然我们是住一起……”

林母打断她：“好哇，你承认你们同居了是吧？”

晏秋端着饮料走了过来，问：“怎么了？”

林母：“他又是谁？”

勒大少：“我发小儿，也跟我们住在一起。”

勒大少补充了一句：“林小安很喜欢他。”

林母：“你们还三……三……三人……”

林母的整个三观崩溃了。

此时，远处的导游喊："云南团队的集合啦。"

林母更急了，还打算动手。

晏秋上前一步把林乂安掩在了身后。

导游催到了第三遍。

林母看了看被两个男生护在身后的林乂安，气急败坏地丢下一句："回头给你打电话！"

看着走远的林母，勒大少感叹："林小安，你妈好像脾气不太好。"

林乂安完全不想跟他说话。

晏秋："你……对小安的妈妈说了什么？"

勒大少回顾了一下他跟林母的对话，觉得自己是有问必答、态度端正。

他突然反应过来：刚刚阿姨的意思是不是林小安喜欢我？

他看向林乂安，心里好像有什么枝枝蔓蔓落地生根，迅速发芽：原来……林小安她喜欢我？

07 ///

接下来，林乂安陷入了电话炮弹的狂轰滥炸中。

林乂安解释："土豪真的只是我的房东。"

林母反问："土豪？你还傍大款？"

林乂安解释："男神只是住我们对门。"

林母反问："还男神？你是喜欢他到中邪了吧？"

林乂安解释："我跟他们不可能的。对男神完全高不可攀，而另一个……呃……"林乂安斟酌用词。

林母反问："你都知道跟他们没有未来了，还不回头？"

林乂安抓狂。

林乂安决定说清楚点："我真的就租了他家房子，我们没其他关系。"

林母："那你倒说说房租多少？每个月的水电费怎么算的？"

林乂安："呃……五……五百五。"

林母问：“你听听，你自己觉得这可能吗？欺负我不懂帝都物价？”

林乂安：“我帮他做家务来抵扣。”

林母问：“做什么家务？”

林乂安：“就……洗衣、做饭、打扫卫生……”

林母问：“你成天忙活这个？你的正经工作呢？”

林乂安：“呃……我是自由职业者。”

林母问：“那是在哪儿工作？”

林乂安：“……在家。”

林母怒：“你还说跟他没关系？我看你都当上全职主妇了！”

林乂安破罐子破摔：“妈，其实我对土豪来说就是一个保姆。”

林母更怒：“这还没结婚呢，就把你当保姆使了，那要结婚了，还不翻天了！”

林母问：“你到底喜欢哪一个？”

林乂安：“我是喜欢男神，但那只是粉丝对偶像的爱……”

林母：“你都爱了？！”

林乂安：解释不清了……

林母总结：“我算是听懂了，你心里想着男神，却住着土豪的家，你这想上演‘东食西宿’啊。”

挂了电话的林母更加坚定了心中的信念：不能放任这丫头这么继续下去了，亲事得定，立刻定，回去就定。

08 ///

接下来的两天风平浪静。

平静到林乂安时不时地拿出手机瞅一眼，然而没有电话，没有短信，连广告都没来一条。

林乂安想了想，终于鼓起勇气拨了电话过去——占线。

勒大少哼着歌，笑嘻嘻地问：“林小安，你咋了？”

林乂安瞪了一眼过去：是你，是你，就是你！罪魁祸首！

林乂安收回目光，平静地回答："我在经历暴风雨前的宁静。"

勒大少一头雾水。

09 ///

勒大少打电话问钱玫："女生什么时候会心不在焉地时不时看手机，还说一些神神道道的话？"

钱玫："恋爱了？"

勒大少恍然大悟，更加确定了"林小安喜欢我"的想法。

10 ///

勒大少揪着花瓣纠结："林小安喜欢我……可是她也喜欢阿秋……她的确喜欢我……但她说她喜欢阿秋……"他揪下了最后一瓣，"林小安果然喜欢我！"

晏秋走过来，瞟了一眼地上的"鲜花尸体"："如果你想得到不同的结果，就不要残害这盆缅栀子了，它的每朵花都是五瓣的。"

林乂安经过，尖叫："啊！我的鸡蛋花盆栽！"

勒大少被勒令赔偿一盆盆栽。

他打电话问钱玫："送女生什么花比较好？"

钱玫戒备道："送谁？"

勒大少："当然是林小安啊。"

钱玫惊奇："咦？你竟然开窍了？"

勒大少不好意思地嘿嘿笑了笑："是呀，我也是才知道原来林小安喜欢我。"

钱玫：呵……你开心就好，以为你会开窍的我真是太愚蠢了。

钱玫声音一嗲："啊呀，人家也喜欢你，你什么时候送人家花呀？"

勒大少："呃……"他挂断了电话。

晏秋看过来："怎么了？"

勒大少："阿钱又犯病了。"

11 ///

勒大少买了一束玫瑰。

林乂安："我的盆栽呢？"

勒大少："这束比你的盆栽贵。"

林乂安推开了玫瑰："它又养不活，我要它干吗？"

勒大少蹲在角落画圈圈："为什么会有女生不喜欢玫瑰花呢？"

晏秋："重点是盆栽。"

勒大少get到了重点，把玫瑰花往晏秋怀里一塞，转身跑掉了。

几个路人少女看到这一幕，心花怒放地尖叫。

勒大少最后跑到苏州最大的花鸟市场，买了一盆玫瑰盆栽给林乂安。

林乂安捧着玫瑰盆栽："好吧，这盆的确能养活。"

勒大少对自己的机智行为感到十分满意，擦了把并不存在的汗："我找了好久才找到的。"

林乂安：所以你是对玫瑰有执念吗？

第七章

初识心意

01 ///

林乂安抱着玫瑰盆栽坐在回程的火车上。

盆是陶瓷盆，大肚型的，印着廉价的青花纹样，一看就是从哪个素材库里下载下来的。而盆里的玫瑰花开得热情如火，热情得都要溢出来了。两者相衬，怎么看怎么不搭。

喂，隔壁的阿姨，你已经好奇地盯着我看了半路了。

林乂安有点后悔，自己干吗嘴贱要勒大少赔盆栽呢？你连超市都不让他跟去了，为什么要他去买盆栽呢？他不是向来只买贵的，不买对的吗？

林乂安陷入了深深的后悔中。

跟他们隔了一条走道的阿姨终于开口道："花不错。"

林乂安："谢谢。"阿姨，您纠结半天就想说这个？

旁边的勒大少自豪地开口："那当然，我选的东西不会有错的。"

阿姨似乎松了一口气，淡淡微笑："原来是小哥你买的啊？蛮有创意的。小姑娘回去要细心栽培，让你们的爱情长存。"

林乂安觉得莫名其妙。

阿姨继续说："你们年轻人哪，就喜欢送花束，包得很漂亮的，可拿回去两三天就枯死了。代表感情，当然要送养得活的啦，送马上就枯死的多不吉利，小哥你说对不对？窗边的年轻人，你要向你的同伴学一学。所以你知道小姑娘为什么收这位小哥的花，而不收你的了吧？"

抱着玫瑰花束的晏秋露出了一个疑惑的表情。

勒大少："哦，那束也是我送的。"

阿姨的脸色变了变，她好像陷入了更深的纠结中。

下了火车，林乂安毅然地把盆栽塞入了出租车的后备厢里。

02 ///

这世上喜欢唠嗑排名前三的职业大概就是销售员、理发师以及出租车司机。

所以不爱聊天的林乂安通常会选择坐在后排。

被家里司机接送惯了的勒大少也习惯坐在后排。

于是副驾驶的位置坐了晏秋。

司机："你们打哪儿来啊？"

晏秋："苏州。"

司机："旅游？"

晏秋："嗯。"

司机："苏州风景不错啊。"

晏秋："嗯。"

司机："园林逛了吧？"

晏秋："嗯。"

勒大少在后面以过来人的身份教导："师傅，您问的问题不能是肯定或否定的选择题，否则阿秋能给您'嗯'到天荒地老。"

司机觉得有道理："让我想想啊。"

林乂安：你们两个直接聊不就得了？

司机问了一个常规的问题："你是做啥工作的？"

晏秋："目前没工作。"

司机被噎了下，短促地"哦"了一声，感叹："无业游民啊？"

晏秋："嗯。"

司机听到这个“嗯”字后，嘴角扭曲了下。

林乂安内心惶恐：男神……你都无业游民了，那我们算啥？

司机终于决定转移目标：“那你俩是做啥的？”

林乂安：“呃……照这标准的话，我也是……”

勒大少满面欢欣：“我也是。”

司机连表情都扭曲了。

司机语重心长地说：“年轻人还是要有自己的事业，不能好吃懒做啊。”

勒大少：“啊？可是我爸给我的钱够花了啊……”

林乂安：“一年。”

勒大少蔫了。

03 ///

林乂安取材回来，把第二章漫画丰富了下，发了上去。

勒大少对自己的出场篇幅表示满意，但他指着第一格抗议：“明明是你摸了狮子头四下。”

林乂安点头：“所以要多读书，知道吗？”

勒大少沉默半晌，打量了下林乂安：“看不出来嘛，你还挺记仇的。”

林乂安：“少爷教训得是。”

04 ///

勒大少又把魔爪伸向了盆栽。

他扯下了一朵玫瑰，做起了恋爱占卜：

喜欢，不喜欢，喜欢，不喜欢……不喜欢！

晴天霹雳。

勒大少收拾心情，决定占卜点别的：

林小安不会搬走，会搬走，不会搬走……会搬走！

他发现自己无比想念那盆全是五瓣的鸡蛋花。

勒大少把花瓣扫进垃圾桶里毁尸灭迹，心平气和地告诫自己：“不能迷信。”

林乂安给盆栽浇水：“花怎么好像少了？”

勒大少专心致志地盯着杂志，仿佛能从上面盯出一朵花来。

05 ///

杂志是本少女杂志，是林乂安中稿后杂志社寄来的样刊。

勒大少盯着的那页标题非常梦幻：让女生无法拒绝的十个瞬间。

勒大少看下去。

果决而潇洒地掐灭烟头。勒大少看了看自己不沾阳春水的十指。怎么掐？直接上手掐吗？不行，很疼的样子……而且他压根儿不会抽烟。

从背后变出一朵玫瑰。勒大少瞟向那盆已经少了两朵的玫瑰盆栽，硬生生地移开了目光……再采大概会被揍。

微笑时露出洁白的牙齿。勒大少咧了咧嘴，觉得自己经常这么笑啊，然而林小安总是一脸冷漠。

…………

还是这个吧，勒大少点了点最后那招终极杀器，好像今年很流行的样子，不管是动漫，还是电视剧里，总要来那么一出：

你想要她say yes，而不是发你一张好人卡？那就来试试吧。因为距离的骤然缩短、身体的贴近、气场的增强，让她无处可逃地逼近，让惊吓和惊喜混杂成一种小鹿乱撞的心境，完美利用了吊桥效应，大大提高了告白的成功概率。

后面括号里还有一行小字：前提是你要长得好看。

勒大少摸了摸自己的脸，觉得完全没问题。

他满意地点了点头，临空比画了一下，觉得动作难度也不高。

很好，他也不想听到否定的答案。

壁咚一出，谁与争锋。

06 ///

“咚！”勒大少被按摔在地板上，想起了那日如被钉死在砧板上的鱼一般的恐慌。

“痛。”他都被摔出了泪水。

林乂安松手：“你不要突然对我做攻击性动作，这很危险。”

勒大少：“你这次都没把我摔在地毯上！”

喂！这是重点吗？

勒大少盯着林乂安。

林乂安盯着勒大少。

林乂安摊手：“好吧，我的错，我下次会尽量把你摔在地毯上的。”

勒大少：“嗯……啊？下次？你还要摔我？”

不是你要求的吗？！

勒大少委屈：“我就想问个问题。”

林乂安拉他起来：“你说。”

勒大少迟疑：“我要是……从这里被赶出去，你还会不会跟着我？”

林乂安无声地看着他。

我干吗要跟着你？

你都没房子了，我怎么当你的房客？

不用抵房租了，我干吗还给你做牛做马？

我不去找出租屋，跟你在天桥底下喝西北风吗？

林乂安对着勒大少慈祥一笑：“不会。”

勒大少内心惊涕。

勒大少问：“那要是换成阿秋呢？”

林乂安：“男神随便接场演奏还付不起房租吗？又不像你是啃老一族，要靠父母救济生活。帝都这么大，他随便住哪里都行吧。”

勒大少被打击得内心一片焦土。

林乂安皱眉："而且你家阿秋家事全能，要我跟着干吗？"

勒大少内心的焦土复苏了点。

勒大少又问："那换成你那个苏苏呢？"

林乂安认真地脑补了一下苏芙被赶出家门的可能性——

苏妈叉腰一指：为什么那些女孩都叫你"老公"？解释不清楚别给我回来！

林乂安的正义感油然而生。

她肯定道："我一定会收留苏苏的，有我的一张床，就有她的一半。"

你果然最喜欢苏芙！勒大少的内心水漫金山。

07 ///

勒大少给钱玫打电话。

钱玫："怎么？一日不见，如隔三秋，你又想我了？"

勒大少："我跟你说，那个旅游出行的方法完全不靠谱。"

钱玫："你是不是听说我要办摄影展了？"

勒大少："林小安一回来，心思又全在那个苏苏身上了。"

钱玫："本月12号红屋美术馆，记得来捧场。"

勒大少："而且她嘴巴变毒了，经常跟阿秋正常聊天后，转头就对我毒舌。"

钱玫："记得别多嘴告诉你那群狐朋狗友。"

勒大少："她是不是对我有什么意见？你先解决一下我的问题呀。"

钱玫声音一沉："没来你就死定了。"

勒大少："哦。"

勒大少不死心地重提："那个……林小安。"

钱玫怒捅他一刀："她不喜欢你。"

勒大少："啊？"

钱玫："她喜欢苏芙。"

勒大少："嗯……"

钱玫：“她还喜欢晏秋。”

勒大少：“呃……”

钱玫：“你知道为什么吗？”

勒大少：“为什么？”

钱玫：“因为他俩是人中龙凤……”

勒大少：“我也是啊……”

钱玫：“住口！”

勒大少：“哦。”

钱玫随口打发：“女人嘛，都喜欢强者，自立自强，能独当一面。而你正好是他们的反面，好吃懒做，一无所长。所以即便哪个女人喜欢上你，也会爱之深，责之切，哀其不幸，怒其不争……”

勒大少回想了一下林小安的种种——

林小安说：你这浑身缺点，以至于槽点多到无从吐起的人，究竟要怎么活过这剩下的十个半月？

林小安说：如果你爸妈不给你钱了呢？不给你房子住了呢？你拿什么跟他们希望你做的事抗争？

林小安说：又不像你是啃老一族，要靠父母救济生活。

原来林小安摔他、毒舌他、点醒他，这都是爱啊！（林乂安：并不是！）

他霎时明白了林小安的苦心。

勒大少满心欢喜：“阿钱，谢谢你！”

钱玫：“所以你要知道，这世上只有我最能容忍你了，我们凑合凑合过吧……哎？”

电话已被挂断。

勒大少奔出了房间。

勒大少：“林小安。”

林乂安：“干吗？”

勒大少一句话磕磕绊绊地含混在嘴里：“你……喜、喜欢我……呃……这房子吗？”话问到半路还是来了个急转弯。

林乂安心中一惊，又松了一口气。

林乂安：哦……原来是房东对房客的满意度调查。

别老是这么一惊一乍好不好！

林乂安一脸无语："当然喜欢，我都怕自己住得乐不思蜀了。"

"就是你……别那么气人就更好了。"林乂安忍不住嘀咕，"我有时候真操心你以后怎么办……算了，反正你爸也不可能真让你饿死。"

勒大少：林小安操心我！

果然是"爱之深，责之切"！

08 ///

12号一到，勒大少兴冲冲地拖着晏秋、带着林乂安来到了红屋美术馆。

美术馆门口竖着一块大大的喷绘板：某某摄影展。

勒大少对着那两个字左看右看也没看出个"钱"字来。

勒大少："这是……阿钱的艺名？"

林乂安指着右下角的一行小字："在这里。"

勒大少凑近一看：及其学生钱玫。

勒大少沉默了一下："原来阿钱就是个添头。"

勒大少背后传来冷冷的声音："你说谁呢？"

勒大少望天。

钱玫领着他们进了展厅。

钱玫指点江山一样指着展区："这是我的，这边也是我的，那边也是我的。"

勒大少感叹："阿钱你不行啊，阿秋都开巡回音乐会了，你办个摄影展还要借别人的名。"

钱玫"呵呵"两声："你个无业游民有资格说我吗？"

勒大少偷偷瞅了一眼林乂安，有点蔫。

晏秋："钱玫在国内的商业摄影领域也属一流了，但这次摄影展以艺术和人文为题，借大师的名号也无可厚非……”

钱玫：“呵，不用替我挽尊了，确实比不上晏大演奏家你的成就。”

钱玫说：“你们先看着，我那边又看见两个熟人。看完回去记得给我写六百字观后感……”钱玫瞟了眼一脸冷峻、出尘脱离俗世的晏秋，讪笑，“当然，晏大男神就算了。”

林乂安：“哎？我也要？”

钱玫器重般拍了拍她的肩，朝远处的熟人热情地迎了上去。

勒大少装作欣赏展品，又试探着问林乂安：“林小安，你是不是真对我那个责之切、怒其不争？”

林乂安研究着面前的巨幅照片：那里一片废墟，巨大的钢结构粗暴地裸露在外，地面上一堆烂石砖砾，隐约还能辨认出其中花纹精致的琉璃瓦和釉色古拙的仿古砖——因领导者决策失误或开发商的投资失败，一个本该光鲜靓丽，却被中途叫停，然后一年年荒废下来变成现在这样的城市伤疤。

林乂安深深地叹了一口气。

勒大少感觉不好了：“你叹什么气？”

林乂安回神：“觉得挺可惜的。”

勒大少：“可惜？”

林乂安：“那么多钱投进去，最后全部打水漂了。”

勒大少思考了一下自己从小到大的花费还真挺多的，特别是自己本硕还都是在国外读的。他感觉更不好了。

勒大少嘟囔：“也不能这么说吧……”

林乂安指着照片：“你看这堆，本来能成为公馆别墅的，但现在就剩一堆建筑垃圾了，也不知道什么时候能项目重启，废物利用下。”

勒大少默默流泪：林小安说我是废物！

勒大少伤心了，决定去旁边静一静。

晏秋问：“你们一直是这么对话的？”

林乂安疑惑：“是啊……有什么问题吗？”

晏秋微笑：“没有，挺好的。”

09 ///

钱玫已经招呼完熟人，在旁边看戏："你是不是也觉得这俩人特有意思？"

晏秋看了一眼门口，嘴角微微浮起一抹笑意。

晏秋："我觉得接下来会更有意思。"

钱玫："什么？"

钱玫顺着晏秋的视线看过去……

"哈喽！"一个戴着墨镜、穿得骚包，还搂着个妹子的二货青年在往这边招手，他就差脑门上贴上四个大字：纨、绔、子、弟。

哦，踢馆专业户——阿仃携其女友来了。

钱玫把在一边静一静的勒大少抓了回来，指着这对："解释解释？"

勒大少赶忙否认："不是我。"

10 ///

阿仃装模作样地看展。

"果然是高档次的摄影展啊，每幅作品都很出色，拍得山是山、水是水、人是人的……"

他指着一张废墟照片："特别是这堆垃圾，拍得确实垃圾。"

林乂安：拍得垃圾？

阿仃跟女友介绍："钱玫打小也算是在我圈混的，耳濡目染之下，品位还行……"

林乂安打量着他：你圈品位？

阿仃继续哄着女友："你看上哪一幅了？我让钱玫送你。"

钱玫打断："不好意思，只卖不送。"

阿仃半摘下墨镜："别这么小气嘛，我可是专程来给你捧场的。"

钱玫："客气了，我还以为你专程来炫耀新女友的呢。"

阿仃："怎么说话呢？我上次聚餐就是这一个，对吧阿昊？"

勒大少："啊？对。"

勒大少帮忙做证："超过两个月了呢。"

钱玫："哟，两个月还没换，看来这个确实是真爱了。"

阿仃："阿昊，你到底是帮我还是坑我！"

林乂安："这阵仗，果然是来者不善。"

晏秋："还好，平时都是三个一起来，这次只来了一个。"

林乂安："三个？"

林乂安：哦对，她想起来了，甲乙丁没有丙"土豪团"。

林乂安久闻其传说，直到今天才见到其中一个真人——果然跟脑补的一样二。

林乂安想起自己漫画里对应的"梅兰菊没有竹"三少，梅、兰二少都已经有了不少戏份……

她决定了，回去就给这位"菊少"安排上。

11 ///

阿仃的女友看起来清纯可人，带着一股置身事外的纯良气质。

她拉了拉阿仃的衣角，温温柔柔道："没关系，我不会误会你的。"

"你可真是我的甜心。"阿仃照着女友的脸就香了一口。

他狂跩酷炫地一搂女友："正式介绍下，My girl——Lilian，时装设计师。"

勒大少："哦……阿莉你好。"

Lilian楚楚可怜的面具裂了一道缝："阿莉？"

勒大少："阿仃对每段感情都是真心的，虽然他女友换得勤，但绝对不劈腿，阿莉你放心。"

Lilian嘴角抽搐了下："放心……"

勒大少继续打圆场："阿仃只是从小学习不好，狗嘴里吐不出象牙，阿钱你就原谅他吧。"

钱玫笑了笑，爽快地说了声："行。"

阿仃："阿昊，我怎么觉得你在骂我？"

勒大少吃惊："怎么会，阿仃你怎么会这么想我？"

Lilian突然觉得这位阿昊的段数比自己还高。

阿仃把勒大少拉到一边，觉得有必要好好沟通一下。

12 ///

林乂安："勒大少就是这么跟'土豪团'相处的？"

晏秋："嗯。"

林乂安："那我觉得他也不会吃亏嘛。"亏她之前还脑补他是被狐朋狗友欺负的冤大头，现在看来他就是不在乎被刷掉的那点钱。

晏秋笑了笑："他怎么可能会吃亏。"

13 ///

钱玫对着Lilian笑："都是千年的狐狸精，就别在我这儿装了，多累。"

钱玫："你看这里个个'奇葩'，谁吃你那套了？"

Lilian也假笑了下："阿仃吃就行。"

她走过去晃了晃阿仃的胳膊，小声说："我想回去了。"

阿仃哄："宝贝，怎么了？"

Lilian虚弱道："就……感觉有点不舒服。"

阿仃搂着她就走："好，反正这里也没什么好看的。"

14 ///

勒大少回头就看见一直凑在一起说小话的林乂安和晏秋。

他撇了撇嘴。

勒大少凑过去也说："我想回去了。"

林乂安："怎么了？"

勒大少想了想：“就……感觉有点不舒服。”

还没走远的Lilian：“……”

林乂安看了看Lilian，又奇怪地看了看他。

勒大少：难道不是这样吗？

勒大少：“哦。”他学着Lilian晃了晃林乂安的胳膊。

林乂安一头雾水。

勒大少咕哝：“难道这招对男的才有效？”

勒大少又抓着晏秋的胳膊晃了晃。

晏秋似笑非笑地看着他。

晏秋：“那就回去吧。”

果然有用！勒大少对Lilian远远地竖了个拇指。

Lilian忍不住问阿仃：“他什么意思？”故意学来嘲讽我的吗？

还有，他们仨这算什么情况？！

第八章

乞丐林木

01 ///

勒大少表示既然阿仃开车来了，那就不要浪费，一起回去吧。

勒大少："相逢就是有缘，阿莉你说对不对？"

Lilian实在没忍住："你们这个叫谁都得带个'阿'的，到底是什么毛病？"

阿仃想了想："我记得好像是幼儿园的时候吧……那时候还是小孩子嘛，叫全名比较难叫，所以阿昊就提议从名字里各取一个字。当时组合成了甲乙丁，还觉得酷炫至极。但长大后发现蠢爆了。"

勒大少："我因为名字里没'丙'，没能组合进战队，当时还自卑了好久呢。"

阿仃："大概初中的时候，我们试图改换成其他称呼，但是发现完全改不过来了……"

勒大少："不懂你们为什么要改，明明很好叫。阿莉你说对不对？"

Lilian内心咆哮：闭嘴！

阿仃去取车。

Lilian看了一眼那边又凑在一起的晏秋和林乂安，还有旁边一脸郁郁寡欢的勒大少。

一时间，她竟分不出他到底在吃谁的醋。

Lilian："我有个问题，你的阿秋跟林小安，谁对你来说比较重要？"

勒大少："阿秋跟林小安掉进水里，我先救谁吗？这个问题上次好像问过，他们两个说不用我救。"

勒大少："还有，去荒岛的话，阿秋不会选我，林小安说她野外求生技能很好，多我一个也不怕。"

原来这些情侣必答题你们已经讨论过了。多么和谐的关系啊！

Lilian咳嗽了一声："那你呢？你选谁？"

勒大少一秒回答："我希望带上林小安，然后住阿秋的邻岛。"

Lilian：答案要不要这么明确！

Lilian豁出去了："所以你到底喜欢晏秋，还是林小安？"

勒大少："我当然喜欢阿秋啦……"

Lilian：果然！

勒大少疑惑："然后，不是林小安喜欢我吗？"

Lilian：哈？

勒大少："林小安还喜欢阿秋。"

勒大少："阿秋应该也喜欢我的吧？"

勒大少皱眉："不知道阿秋是不是也喜欢林小安。"

Lilian："……"原来你自己也是一团乱吗？

Lilian又看了一眼那边跟晏秋聊得正欢的林乂安。

Lilian："只有一点我敢肯定。"

勒大少："什么？"

Lilian："林小安并不喜欢你。"

勒大少："啊？！"

Lilian突然觉得很愉快。

她微微笑了笑："还有一点大概也能确定。"

勒大少垂头丧气："什么？"

Lilian："反而是你对她喜欢到不行。"

Lilian露出慈祥的笑容："你……自己没发现吗？"

02 ///

勒大少陷入了难以置信的混乱中。

Lilian长长出了一口气。

她终于扳回一局。

Lilian在不久之后醒悟过来：

不对，我为什么要跟那位大少爷较劲？

他拿的难道是女主角的剧本吗？

03 ///

回去的车上。

勒大少跟林乂安和晏秋挤在后排。

他左望望林乂安，右望望晏秋，心里乱成一团：

林小安不喜欢我？

林小安真的不喜欢我？

林小安怎么会不喜欢我呢？

勒大少委屈巴巴的，他现在甚至在想是不是阿秋其实也不喜欢他……

他觉得自己就像一条坐拥整座城的财富的巨龙，却突然发现爪下的财宝都变成了流沙。

林乂安接到一条视频通话。

她看了下名字，皱眉接了起来。

勒大少凑过去，看见一个黑瘦的青年朝着镜头招手，露出一口白牙：

“Hi！我来投奔你了。”

“先别挂！”

“我告诉你，你要是不收留我，我就跟你同归于尽。”

勒大少：“他是谁啊？”

林乂安咬牙：“林木。”

勒大少：林木？啊！那个林木！

林小安的定亲对象！

什么叫作“屋漏偏逢连夜雨”，什么叫作“船迟又遇打头风”，他算是知道了。

04 ///

802门口，林木没形象地蹲坐在地上，像个流浪汉。

他看见他们从电梯出来，嬉皮笑脸地凑上来，对着林乂安就是一个热烈的拥抱。

林乂安一脸冷漠，抓着他的手就是一记背摔。

林木：“林乂安，你谋杀亲夫！”

勒大少：果然是那个未婚“夫”！

“去你的亲夫。”林乂安把怨气都出在了林木身上，抬脚就是一踩。

林木惨叫：“我要申诉！”

林乂安：“说！”

“咕噜。”林木的肚子发出一阵饥饿的号叫。

林木：“我饿……”

识时务者为俊杰，权衡利弊之后，林木决定先躺尸装死。

勒大少：林小安好凶……

勒大少在内心安慰自己：林小安对我温柔多了。

05 ///

林小安气鼓鼓地去做晚饭。

晏秋给她打下手。

勒大少打量着林木。

林木打量着勒大少。

林木再回头看向晏秋。

他觉得这帅哥完全是天仙级别的，不但拥有连姐姐都会赞叹的颜值，举手投足间气质脱俗，简直是上得厅堂，下得厨房，这种完美人类绝对不是林乂安妈妈口中那个林乂安勾搭到的小白脸。

于是他重新转头看向比较接地气的勒大少。

勒大少恰好开口："你就是林小安的未婚夫？"

林木："是吧……"

勒大少："你这次来……"

一瞬间，他的脑海里涌进了曾经看过的所有漫画、动画、电视剧里有未婚夫出现的情节。

勒大少倒抽一口冷气："难道是要带林小安回老家成亲？"

林木："啊……算是吧……"

勒大少心惊、心堵、心慌。

他觉得要努力打消这个"未婚夫"带林小安回老家成亲的念头。

勒大少摆出一脸嫌弃样："你不觉得林小安又凶又毒舌，还会动手揍人？当保镖还差不多，当老婆太可怕了。"

林木心有戚戚焉："小安的魔女属性真是深得姐姐真传。"话音未落，他就看见林乂安端着菜站在勒大少背后。

勒大少正要再接再厉，却接收到林木对他使的眼色。

他回头："呃……"

林乂安搁下菜，什么反应也没有就走了。

勒大少怕怕地拍了拍胸口，看来她应该没听到。

林乂安面无表情地走回厨房。

晏秋笑了笑，问："他们在聊什么？"

林乂安冷笑："在聊我又凶又毒舌，还会动手揍人。"

林木看着眼前继续滔滔不绝编派林乂安的勒大少，又看了看微笑聊天、异常和谐的做菜二人组。

难道不是眼前这个，而是"天外飞仙"的那个？

不错嘛，林乂安！竟然能勾搭到这种上品。

阿姨您啥眼光啊？林乂安能嫁给这样的人，您做梦都应该笑醒好不好！

林木暗暗发誓，一定要帮林乂安套牢那位，直至步入婚姻的殿堂。

06 ///

饭菜摆好，林木开始狼吞虎咽。

林乂安："你到底来干吗？"

林木咽下嘴里的饭菜："你想听表因还是里因？"

林乂安："十个字内阐述。"

林木："我俩妈叫我拖你回家成亲。"

勒大少："超了一个字。"

林木："呃……"

林乂安：我随便说说的，你不要在意这种细节，这真的不是重点。

林乂安对着林木活动了一下指关节："拖我回去？"

林木："刚刚那是表因，现在我来阐述里因。"

林木："我不是研究生刚答辩完嘛，本来想跟几个哥们儿去个山清水秀的地方浪一浪，结果就被一个电话叫回家了。我刚到家，你妈跟我妈还有我姨就没收了我的身份证件和行李，对我展开三堂会审，问我有没有在外面拈花惹草，还跟我说什么子承父业，不孝有三。我被训了两个小时后终于听明白了，她们的意思是叫我研究生读完，就回老家安分待着，继承家里的农家乐，然后把你叫回来跟我成亲。"

林木一口气说完后，喘了一下。

林木叹："叫我继承农家乐也就算了，重点是她们竟然还叫我跟你成亲！"

林木："我看她们这次大有一副'你不答应就不放你自由身'的架势。我就说，以小安这性子，你们去叫，她肯定不会回来，得我诚心实意地去请。两家妈妈觉得我说得也对。为了让她们相信，我一咬牙一狠心把来回机票都买了，回程还买了两张。为了表示不会长住，我连冬装都没带。"

林木拍了拍他腰包一样的行李："然后我终于顺利拿回了身份证，登上飞机来到帝都逃出生天。"

为求真实，林木又掏出手机，给林乂安看了订票信息及账户余额。

林乂安看着那只有两位数的余额沉默了一下。

林乂安："你带着这点钱到帝都，打算做乞丐？"

林木："这不来投奔你了吗？"

林木一脸"我多机智"的表情。

林木："我本来就打算再读个博。正好姐姐学校隔壁的A大就有生物系。"

林木："现在我只要一个住的地方，还有一日三餐。"

林木："然后一边备考，一边打工赚学费，perfect（完美）！"

林乂安："你想得美。"

林木露齿一笑："好说好说。"

林乂安："先去把回程机票退了。"

林木："好。"

林乂安："我可以包吃。"

林木："哦。"

林乂安："但包住没门。"

林木："喂！"

林木抗议："我可是我们村将来的第一个博士，你不能这么对我。"

林乂安："谁稀罕了？农家乐少东家。"

林木："呵呵，我要成了农家乐少东家，你就是农家乐少夫人。要死一起死，大不了同归于尽！"

林乂安："你忘了从十岁开始，你就不是我的对手了？在我成为少夫人之前，我会先让你成为失踪人口！"

一瞬间，像触到了某个禁忌一样，针锋相对、剑拔弩张的两个人突然沉默了下来。

勒大少来回看了看，发现餐桌上除他以外的三个人都低着气压，气氛诡异。

林木："林乂安，这玩笑一点都不好笑。"

林乂安："对不起。"她起身回房了。

勒大少："哎？你们怎么了？"

晏秋起身对勒大少说："你洗碗。"

勒大少："啊？我？"

晏秋又对林木说："我可以收留你一阵子。"

林木霎时来了精神："真的？不愧是我们小安看上的人，周身都闪耀着神性的光辉。"

"什么'我们小安'？"勒大少边拿着百洁布在洗洁精的泡泡里耍弄，边不满地嘟囔。

07 ///

林木临出门才反应过来有点不对劲。

为什么他跟"天外飞仙"出来了？为什么他跟着"天外飞仙"进了隔壁屋？

所以"天外飞仙"并不是跟林乂安同居的人？

到底是什么情况？

然后林木眼睁睁地看着"天外飞仙"给他准备了一套洗漱用品，并把他带到了客房。

"天外飞仙"："晚安。"

林木："哦，好……哎，不对，等等！我有话要问！"

08 ///

于是两个人在餐桌前坐定。

林木："你不喜欢林乂安？"

晏秋漫不经心地说："喜欢。"

啊！果然！那你还能忍？！

林木平复了下心绪："那你都不介意？你就看着那俩人……呃……同居？"

晏秋略一思索，给林木添了杯茶："我是爱屋及乌地喜欢。"

林木："哎？？"林木的脑海中只能想到另一个当事人——勒大少。

林木一脸惊恐。

晏秋瞟了他一眼："我喜欢女的。"

林木："哦。"

晏秋："你跟小安真定过亲？"

林木："我也不知道啊。都是两家妈妈说的，然后从小说到大，说得跟真的似的。"

林木："你知道定亲的理由是啥吗？住得近！我还跟姐姐家住得更近呢，咋不给我俩定亲呢？"

晏秋的茶杯在桌面上重重一磕，林木瞬间以为自己说错了啥话。

晏秋："抱歉，手滑。"

晏秋："你们那边有规定必须跟同族的人结婚吗？"

林木："虽然是有这个传统，但也没硬性规定一定要跟同族的人结婚。更何况现在读书多了，见识广了，族里的年轻人都去外面发展，就直接跟外面的野花野草好上了。"

晏秋："野花……野草……"

林木："就好比我们的姐姐，她打小就要找外面的野花野草，说族里跟她同辈的人智商都不高。不过说实话，姐姐这话也不夸张，打小就数她最聪明，可惜……"

晏秋："那找到了吗？"

林木心里一惊，下意识地反问："什么？"

晏秋："她的野花野草。"

哦……原来是问这个……

林木："那倒没听说。不过她后来迷上了音乐，我觉得她可能打算抱着钢琴过一辈子……"

晏秋："是吗……"

不知两人都想到了什么，气氛有点沉重。

晏秋开口："看起来你跟小安对这门亲事都挺排斥的。"

林木的情绪重新高涨："当然！现在都啥年代了！何况林乂安的魔女属性跟姐姐一脉相承，还那么能打。谁娶谁倒霉！我觉得搞不好会有生命危险。"

晏秋失笑，抿了一口茶："总有人不介意这种'倒霉'。"

林木："啊……那真是大爱无私，造福众生。"

林木在内心呐喊：所以不管是爱屋及乌的爱也好，还是大爱无私的爱也好，你不考虑考虑做下善事，把林乂安给收了？拯救下我这个可怜的人吧。

林木觉得他的方法不对，他把林乂安描绘得这么恐怖，这不是逼着人家打退堂鼓吗？

林木决定挽回点林乂安的印象分。

林木："呃……当然，其实小安这人还是挺好的，呵呵呵呵。"

林木："比如我被姐姐踹下洱海，就是小安把我拉上来的。"

晏秋："她为什么踹你下海？"

林木："啊？谁？哦，你说我们的姐姐啊……"

林木一挥手："呃，当年年少轻狂，经常做傻事，就不提少年勇了。"

林木躲闪了一下晏秋的目光。

他绝对不会说是因为他跟林乂安打架，他才被踹的！

林木："所以，小安还是蛮讲义气的！"

林木竭力地推销："而且我们小安最难得的是不看皮相，只注重内在。她连看《灌篮高手》喜欢的都是赤木刚宪，才不像姐姐大魔王那样贪恋美色，一切好看的东西，姐姐都喜欢，一点节操都没有。"

晏秋下意识地摸了摸自己的脸。

对哦……眼前这位是个颜值爆表的天外飞仙……

林木觉得自己应该把话圆回来。

林木："当然，像你这样内外兼修的更加难得，不像对门那个哥们儿徒有其表。"

林木下了个断语："小安绝对看不上那样的。"

所以兄弟加油上啊！为了我的幸福……哦，不是，为了你们的幸福！冲啊！

晏秋饶有兴味地一笑："这整个小区的楼都是他家的。"

晏秋："说房东的坏话是不是不太好？"

林木："呃……"竟然是个土豪！

晏秋："不早了，休息吧。"

他起身走向自己的房间，突然想到了什么，回头笑了笑："其实我很懒，能靠脸就行，我觉得再好不过了。"

"天外飞仙"到底是啥意思啊？

你这到底要不要跟小安在一起啊？！

09 ///

林木辗转反侧，失眠到半夜。

他突然福至心灵地想起林乂安她妈含混嘀咕的一句。

"这丫头胆子肥了，敢给我上演'东食西宿'。"

"东食西宿，东食西宿……"林木掏出手机查了下这个成语。

吃"天外飞仙"做的菜，住土豪家的屋子。

他恍然了悟为什么阿姨非让他把小安拖回去了。

这是要一女侍二夫啊……

10 ///

送走林木后终于消停下来的林乂安，更新了漫画的第三章。

菊少的戏份也安排上了。

苏芙的"后宫"对上一章苏芙没出场的怨怒被这一章平息，然后诞生了新一轮"是我绑架了苏苏""不，是我是我"的争端，甚至把苏芙当年的老粉们也激得纷纷冒泡。

在多年憋屈和沉寂后，她们需要这么一场狂欢。

然后林乂安刷到几条评论。

Jerry－D：为什么我是"菊少"啊？既然阿昊不用，把"竹"让给我啊！还有，我被个妹子撩了？这不科学！苏芙是吧，来战！

富甲天下：围观（还好我轮到"梅"）。

有猗其人：围观（"兰"也还行）。

呃……“土豪团”也来了。

11 ///

第二天，林木顶着黑眼圈来802吃早饭。

睡眠不足的林木头重脚轻地拍着林乂安的肩：“小安，我知道你也长大了，有自己的想法和选择，我不会对此有任何歧视的。”

林乂安：“什么叫我也长大了？我一直比你大半岁！”

林木：“一女侍二夫虽然不好听，不过只要有爱……”

“砰！”林木腹部受拳，蜷缩在地。

林乂安怒道：“你才一女侍二夫！”

等勒大少就座时，又是一桌四人的“和谐”画面。

勒大少：“哎，我们要不把两间公寓的隔墙打通吧，以后每天三餐都一起吃，多好。”

晏秋拒绝：“不。”

晏秋：“我明天开始出差。”

林木：“说起来我也要开始找工作了，以后肯定没法这么优哉地每天八点过来吃早饭。”

每天都很优哉的勒大少第一次觉得，他是不是也应该去找份工作。

第九章

打工体验

01 ///

吃完早饭，林木这个蹭饭的自觉留下收拾。

勒大少也不知道自己怀了什么心思，主动凑过去帮忙。

林木搭话："咳，这房子是你家的？"

勒大少："对呀。"

林木："这小区也是你家的？"

勒大少："对呀。"

林木开始思考自己昨天有没有哪句话得罪了这个土豪。

勒大少踟蹰着问："你觉不觉得我也应该去打份工？"

林木奇怪地看着他："你光收房租就够吃一辈子了，还去打什么工？"

勒大少淡定了，觉得可不就是这个理嘛。

勒大少犹豫："不过……我觉得林小安嫌弃我无所事事。"

林木反问："反正你又不喜欢她，你管她嫌不嫌弃你？"

勒大少动作顿了下，没接茬儿。

林木突然觉得自己发现了"华点"：对呀，这位土豪大少又不喜欢林又安，他管她嫌不嫌弃他？

那他昨天那么编派小安算几个意思？

劝退情敌？

林木擦着碗开始装模作样地试探。

林木："其实想想，我跟小安毕竟从小玩到大的，关系又好，对彼此又熟……"

勒大少酸溜溜的："关系好到一见面就被揍哦。"

林木："打是亲，骂是爱嘛，反正我也习惯了。"

林木："而且你看，结婚嘛，跟谁结不是结，还不如找个知根知底的。"

林木："结了以后，她也懒得管我，两个人各玩各的多好！"

勒大少冷冰冰地蹦出两个字："不好。"

林木转头看了他一眼。

勒大少抿着唇盯着他。

林木突然觉得有些发毛。

但他向来嘴贱不怕死，还打算浪："你好不好有什么用啊？等我稳住她，把她拐回去……"

勒大少压低了声音："我不会让你得逞的。"

几个碗，最后在两人的沉默中收拾完。

02 ///

林木搓了搓胳膊，扫落了一地的鸡皮疙瘩。

他倚在林乂安的门边："那个大少爷怎么回事？让人毛骨悚然的。"

林乂安打着线稿，漫不经心道："他是说你真好啊，还是说喜欢你啊？"

林木："哈？"

林木："你不会看不出来他喜欢……"的是你吧？

林乂安停笔回头，劝慰道："别往心里去，他用词就是这风格，别误会。"

林木："哈？"

林乂安："你这么震惊干吗？还一脸遇到负心汉的样子……"林乂安拿狐疑的目光瞅他，"你不是一直喜欢肤白、貌美、腿长的学姐吗？总不会因为几句话就弯了吧？"

林木："滚，老子铁直着呢。"我看负心汉就是你！

林木看到了电脑屏幕上的画面。

林木："请问，你在画什么？"

林乂安："漫画啊。"

林木："你别告诉我这个被你踹飞的乞丐是我。"

林乂安："除了你还有谁？"

林木："你这是挟私报复！"

林乂安："对。"

03 ///

勒大少窝在房里给阿涧打电话。

勒大少："阿涧，如果我想买下我现在住的这套公寓，需要多少钱？"

阿涧报了一个七位数。

勒大少："那我去我爸的公司上班，工资能有多少？"

阿涧："鉴于你没有工作经验，实习期工资两千，实习时间半年，正式工资等你实习结束后，根据你的能力再议。"

勒大少："两千？"他想了想，这点钱他以前跟"土豪团"一顿饭就刷掉了，他感叹，"那些实习生到底是怎么活下来的？"

阿涧："那你想要多少？"

勒大少："太慢了，我希望九个月内买下它。"

阿涧：你不如去抢。

阿涧："你买这套公寓做什么？"

勒大少："我把公寓买下来，就不怕一年到期它被收回了呀。"

阿涧："一年到期你就能回家了，还要那套公寓干吗？"

勒大少："当然是为了让林小安能安心继续租下去。"

阿涧：你开心就好。

阿涧隐约觉得有什么事情超出了掌控。

04 ///

林乂安的漫画更新到了第四章。

不过没什么人关心新出来的那个乞丐角色，倒是一个小丫鬟的角色占据了90%的评论——明月，一个可以给苏苏端茶送水，蹿她怀里，还能亲手喂她吃蜜饯的存在……

一堆人争着抢着要当她，还有一堆人磨刀霍霍叫嚣着要暗杀她。

林乂安刷着微博留言乐了半晌，然后顺便去瞅了一眼私信——

她发现自己收到一条漫画平台的连载邀请。

林乂安：我这是要出道了？

05 ///

林木这两天也搞定了面试，是在一个生物公司，下周一正式早出晚归开始去上班。

林乂安在周末晚上做了一桌菜给他。

林木："我又不是不回来了，用不着这么客气。"

林乂安："没事，说不准你以后每天'007'，就不用回来了。"

林木："你要不要这么诅咒我？"

勒大少强势插入了他们的交锋中："我也打算找一份工作。"

林乂安立马把跟林木的斗嘴给忘了。

大新闻啊！大少爷终于打算去体验民间疾苦了吗？

林乂安觉得这个时候一定要鼓励他，不能打击他的兴致。

她面露微笑："很好啊，你打算尝试哪方面的工作？"

勒大少一本正经："能在一年内挣到足够多钱的。"

林乂安："你的足够多是多少？"

勒大少认真地报了个数字。

林乂安："……"

从零位跳到七位的数字，你不觉得这级跳得有点大吗？！

林乂安抽了抽嘴角："说吧，你想买彩票，还是抢银行？！"

勒大少："啊？"

勒大少："抢银行是犯法的，买彩票不靠谱，虽然也有人试图通过和值、跨度、奇偶、冷热等来预测数字，但其实并没有提高什么中奖概率……"

林乂安："停，我不想知道。"

林乂安："你不觉得刚开始打工就把目标定那么高，有点不切实际吗？"

勒大少："所以我想来向你汲取点经验。"

林乂安：我要是有经验，还会租你的屋子？！你也太小看工作这回事了吧！

旁边的林木插话："要不你说说你擅长什么呗？"

勒大少沉思了下，抬头自信道："长得帅算吗？"

林木："算……吧……你打算去出卖色相？"

勒大少："对哦。"勒大少拿起手机开始打电话，"喂？阿莉啊，你那边缺帅哥吗？"

林木震惊地看向林乂安："不是，他还真打算去找出卖色相的工作？"

林乂安：你问我？我怎么会知道？！

等等……阿莉？

Lilian?

林乂安做了个少安毋躁的手势，静听勒大少跟电话那头的人交谈。

勒大少："我们哪里不熟了？我们都见过两面了。"

勒大少："还要试镜？你不是都见过我了吗？"

勒大少："有什么好处？你不是想找阿钱合作嘛，我可以帮你搞定。"

勒大少："我怎么会知道？"他笑得可欢了，"你不是都特意去看展了吗？"

勒大少："我还听见你跟下属打电话，说这事没戏了。"

勒大少："其实跟阿钱闹不愉快又没什么，你只要钱到位，让她叫你爸爸都行。"

林乂安：哦，果然是那个阿莉。

勒大少挂断电话："搞定。下周拍一天，不过要先约阿钱的时间。"

林乂安：这也行?

勒大少："阿莉说事情办成的话给我凑个整，时薪一千。"

林乂安："这么好赚吗？！"

06 ///

到了下周五，林乂安有点不放心，跟了去。

他们几个在摄影棚碰面。

钱玫见了Lilian一脸热情："早说嘛，我要知道是金主爸爸，哪敢对您不敬啊？"

林乂安：还真叫爸爸啊……

勒大少显得很高兴："你看，我就说吧，阿钱怎么会跟钱过不去。"

钱玫又揽住他的胳膊发嗲："哪能啊，我跟钱过不去，也不能跟你过不去呀。"

勒大少"咻"地把胳膊抽了回来。

勒大少远离了她一步。

勒大少还半躲到了林乂安身后。

勒大少满脸写着"男女授受不亲"。

钱玫眯起眼审视地上下扫了他俩几眼。

哎呀，自家养的金猪终于开窍了，还知道在白菜面前避嫌了?

可惜白菜不为所动，并一脸状况外。

07 ///

Lilian之前一直经营着自己的女装品牌，比较小众，不温不火。

这次她打算一举进军男装界，所以今天是要为她新创的男装品牌拍一组宣传照。

勒大少看了一圈，发现棚里就他一个男模。

勒大少："不错嘛，阿莉，这么信任我，直接让我担当主角啊。"

Lilian对他露出一个抱歉的笑："你多心了，你顶多就是个添头。"

没一会儿，真正的"男主角"带着自己的团队来了，浩浩荡荡的一拨人。

勒大少："哇，气势这么足啊。"

林乂安对那人有点印象："好像是个明星。"

钱玫笑着小声补充了一句："十八线的。"

钱玫："毕竟是新创的牌子，没什么根基，想请大牌也不是有钱就能请的。"

Lilian："呵呵。"

Lilian迎上去给双方介绍了下。

那个"十八线"盯着勒大少打量，之前被临时通知拍摄要加一个人，他就在想这人到底是什么来头……结果他一看——

一身黑T恤加牛仔裤，黑T恤上还有只笑得很傻的熊，更别提他脖子上还戴着根粗金链子，毫无时尚气息，就像个被塞进来的关系户（还真是）。

身为之前小火过一把的鲜肉，他可不是冲着当服装模特来的，他也看不上什么品牌挚友，是冲着代言来的。

所以他一上来就评估了下这位"添头"的威胁度：

基本为零，他很放心。

毕竟这位"添头"一看就不是圈内人，哪儿哪儿都透着不专业。

"十八线"看向勒大少身边的林乂安："还带了女朋友来，当是来玩的吗？"

"不，我是他的保镖。"林乂安对自己定位精准。

勒大少：呃……

"十八线"：哈？

"十八线"又看回勒大少，才发现那只熊肚子上还带着个Emporio Armani的logo。

"十八线"："你这衣服是山寨的吧？"

勒大少："啊？"

钱玫笑了笑："你知道他是谁吗？"

“十八线”决定略过不理。

他端着营业式的笑容看向Lilian：“听说Lilian你跟仃少、榎少，甚至还有昊天集团的天少交好？下次记得帮忙引荐一下啊。”

勒大少：“啊？”

Lilian一脸“我不是，我没有，我没说过”的纯良无辜表情，楚楚可怜。

勒大少：“哦，我就说嘛，我们哪里不熟了？”

“十八线”嗤笑：“又关你什么事？你插什么嘴？”

Lilian也忍不住了：“咳，你知道他是谁吗？”

“十八线”问他的经纪人：“那人是谁？”

经纪人摇头：“真没见过，绝对不是圈里的。”

“十八线”又放心下来。

08 ///

等开始弄造型，勒大少抗议：“我先来的啊，为什么是先给他弄？”

“十八线”终于能把那句话还给他了：“你知道我是谁吗？”

勒大少回答得非常实诚：“不知道。”

勒大少：“但听说你是十八线的。”

Lilian跟人家道歉：“鲜老师，这位从小学习不好，狗嘴里吐不出象牙，您别介意。”

勒大少：“阿莉，看不出来嘛，你对阿仃是真爱啊，这会儿还想着帮他报仇。”

林乂安猛拽他一把，小声说：“你还想不想要这份工作了？给人道歉。”

勒大少不甘不愿地道歉：“对不起，我不该说实话。”

“十八线”气得快吐血了……

林乂安：你是故意的吧！

“十八线”：“我不拍了！”

“十八线”：“有他没我，有我没他！”

勒大少："阿莉，快算算他要付多少违约金。"

勒大少："白赚这一笔，不错啊。"

"十八线"的经纪人："咳，我们不是这个意思。"

经纪人面向Lilian："我觉得这位……跟贵品牌的轻奢定位不怎么合。"

勒大少："也对，我怎么也该配个高奢。"

Lilian抽搐了下嘴角："确实，还真是委屈您了。"

"十八线"和经纪人一脸蒙。

搞不清楚勒大少深浅的"十八线"最终决定先忍耐下来，按兵不动。

09 ///

两人终于搞定了造型。

勒大少自从被踢出家门，三个月都没理过发，刘海已经偏长了。

负责造型的小姐姐一顿酷炫的操作：

微卷的刘海在他额前垂下一缕，配上Lilian这个品牌微复古的设计风格，勒大少走出来时活脱脱一个中世纪的贵族少爷。

林乂安不小心看呆了："没想到……还真能被他穿出贵公子范儿。"

Lilian点了点头："看着确实贵。"

她也是奇了，这位大少爷是怎么在平时把几千块的东西穿成地摊货，又把她几百块的样衣穿出高定感的？

勒大少走过来，就这么带着微微笑意盯着林乂安看。

林乂安觉得自己的小心脏又不争气地不安分起来。

勒大少"嘿嘿"了两声，咧嘴笑："怎么样，本少爷帅不帅？"

勒大少："需不需要我再给你们转两圈？"

贵公子的气场一秒破功。

哦，还是那股熟悉的"地主家的傻儿子"味道。

林乂安：我觉得你需要闭嘴。

10 ///

拍完，勒大少对Lilian总结："阿莉，我觉得那个'十八线'不行啊。"

勒大少："你们的Marketing怎么选人的？"

钱玫点头补充："配合度差，情商低，易惹事，团队是废物。这支股买了得亏。"

勒大少："就是，还不如签我。"

林乂安：这四条你有哪里好吗？你还没团队！

11 ///

推广的物料三天后就铺满了线上。

"十八线"的粉丝一边嘲这牌子从来没听说过，一边恭喜她们的哥哥成为这个牌子的品牌挚友。

勒大少指着推广图："我呢？"

林乂安："说不定是因为你得罪了人家，所以把和你同框的片子都毙了。"

勒大少嘟囔："那是他自己涵养不好。"

勒大少："你看要是换成阿秋，我要是说他十八线，他也就笑笑不搭理我。"

勒大少："真十八线的人才怕别人说他十八线，真正的大牌才不会在意别人说他几线呢。"

勒大少："你看我就完全不在意。"

林乂安：你还十八线？你一百〇八线还差不多。不对，你压根儿就没上过线。

勒大少："不信你直接去隔壁问阿秋，反正他都出差回来了。"

林乂安："那是，男神的涵养能跟尔等凡人一样吗？"

勒大少心酸地撇了撇嘴："林小安，你就不能说我一句好？"

12 ///

当晚给第五章上完色的林乂安填着对白。

屏幕上垂眸清冷的书生人物仿若有灵，自我介绍着说：“在下晏秋，日安晏，秋天的秋。”

林乂安仿佛都能脑补出晏男神清冷的声音。

等等，她想起了粉圈的闹事度，手指顿住了。她自作主张地写出真名，会不会被男神的粉丝打死？！

于是本着“坦白从宽，抗拒从严”的原则，林乂安敲响了晏秋家的门。

晏秋开了门。

林乂安站在门口踟蹰：“那个……”

勒大少探出头来看：什么情况？

林乂安：“其实，我……”

勒大少愣怔。

林乂安：“我一直……”

勒大少在内心惊叫：啊啊啊！林小安要跟阿秋表白！

晏秋静静地听着。

林乂安一鼓作气：“其实我一直在用男神您的形象作为我漫画里一个人物的设定。”

勒大少松了一口气。

晏秋平静地回答：“我知道。”

林乂安：“咦？”

晏秋：“阿昊提过，他说我叫多云。”

并不是！

林乂安突然回想起当初勒大少的一句“本大爷就叫多金了，哎，阿秋多啥呢……多愁？多心？多姿多彩？多灾多难？哈哈哈……我看就多云好了”。

自说自话也要有个限度啊！

林乂安：“不是多云。”

晏秋微笑：“嗯。”

林乂安："那个，我是说……那个人物能不能就用您的真名？"

晏秋："用吧。"

林乂安：咦？这么简单？

晏秋问："你发在什么地方？"

林乂安："呃……主要是微博，还有一个漫画平台。"

晏秋："微博ID？"

林乂安："说好的我是主角呢……"林乂安觉得自己不该一时冲动起这名的，当面念出来真是有种满满的羞耻感。

晏秋拿出手机操作了下："嗯，关注上了。"

林乂安："哎？"原来男神你自己有微博号的！

林乂安诚惶诚恐地点开自己的粉丝列表，发现最新关注的ID：钟情怕到相思路。

男神的小号叫这个名字？不对，男神压根儿没大号，哪来的小号。

林乂安看了看ID，又看了看晏男神，再次看了看ID，最后又看了看晏男神。

如此文艺惆怅、缠绵多情的名字……

啊，男神的世界，我等凡人果然不懂。

不过想想，再怎么也比勒大少之前的ID正常。

他改成"多金公子勒昊天"之前，微博ID叫"蓝色水晶男孩"……

这是十年前QQ名的调调吧？

土豪的脑回路，我们更不懂。

13 ///

林乂安后来问勒大少："你之前为什么要起'蓝色水晶男孩'这种ID？"

勒大少："总不能叫玻璃男孩吧。"

你干吗非得跟二氧化硅杠上！

你不如直接叫花岗岩得了！

第十章

网红出道

01 ///

得到男神首肯的林乂安顺利更新了第五章漫画。

与漫画平台签约后，按合同条约，微博跟平台的更新得有个时间差。

不过每次平台更新后，林乂安会在微博放个更新预告。

于是战火就从微博预告帖蔓延到平台的更新章，最后又蔓延回微博。

林乂安这章一经发出，果然收到了晏秋粉丝的私信轰炸。

林乂安统一回复了一条“已得到本人授权”。

林乂安给自己捏了把汗，还好她有先见之明。

02 ///

晏秋和着CD里的钢琴曲拉完一首协奏曲。

他放下小提琴。

搁在一边的手机屏幕上正是林乂安连载的第五章漫画。

画面中的林木拿着半个鸡腿，露出白森森的牙齿，旁边的对话框里硕大的几个字：此曲妙可杀人。

03 ///

勒大少的照片出现在第二天的推广物料里——不过只有一个侧影。

勒大少："好吧，总比没有好。"

林乂安偷偷把那张图存了下来，并把旁边的"十八线"给裁掉了。

她还把图存在手机里，三不五时地拿出来看一眼：

帅，特别帅。

主要是气场强大，以她的滤镜来看，光这个侧影就比原本在旁边的"十八线"贵气太多。

咦？她为什么会对勒大少有滤镜？

而显然，有相同看法的不止她一人。

"十八线"的黑：连旁边那小哥的侧影都比不过，十八线就是十八线，low得不行。

"十八线"的粉丝怒了。

她们群起抗议：为什么我们哥哥的物料里还出现了别人？！

"十八线"的粉丝：明明官宣了我们哥哥是品牌挚友，品牌方想作什么妖？

"十八线"的粉丝：官方不要装死，出来解释！

粉黑大战，掐得路人经过也不由得点开看一眼：嗯，确实比"十八线"帅。

04 ///

于是，连"十八线"也怒了。

新仇旧恨加在一起，简直不可饶恕。

他指挥助理："去查，那人到底是谁？"

助理打探完回来："就是个小模特吧，时薪一千的那种，照品牌那边对接人的口吻来看，好像还给贵了。"

"十八线"放心了，可以安心作妖了。

当天，一篇“匿名工作人员”控诉这位时薪一千的小模特拍摄时不配合还乱骂人的小文章横空出世，“十八线”还用自己的大号给小文章点了个赞。

“十八线”的粉丝炸了：呜呜呜，我们哥哥太可怜了。品牌方怎么能让他受这种委屈！

一时间那篇小文章被“十八线”的粉丝争相转发，连品牌方花钱买的各家软广下面都是粉丝的控评。

品牌方和“时薪一千的小模特”被架上了火堆。

助理：“我们……要解释吗？”

Lilian爆了粗口：“解释个屁！参与品牌挚友人选决策的所有人这个月绩效没了！连我的那份一起扣！”

05 ///

吃瓜爱好者——钱玫将那篇文章发给了勒大少。

勒大少：我总共都没跟他说过几句话……

勒大少跑上去评论了一条——

多金公子勒昊天：我就说了句“不认识，但听说你是十八线的”怎么能算骂人呢？他不也说我的T恤是山寨的吗？何况我还道歉了。

那个发“小文章”的小号暴跳如雷：你的道歉就是“对不起，我不该说实话”？你还不如不道歉！

多金公子勒昊天：你不会就是“十八线”本人吧？

小号：不是！我就是路见不平。

钱玫拿自己的小号也回了一条：咦？这是当事人来认领了？

其他吃瓜的路人快速跟进：当事人？

路人翻了翻他的微博：多金公子勒昊天？这ID怎么这么中二？

“十八线”的粉丝很快又把他这条评论攻陷：随便一个人就跑上来认领，谁知道你是不是真的当事人！

“十八线”的粉丝：大家注意不要被带节奏！他就是一个漫画角色的cos（模仿）号，戏精上瘾！证据：漫画地址@说好的我是主角呢。

“十八线”的粉丝：下场无路人！所有不替哥哥委屈的都是黑，大家加油！

被殃及的路人：对，看来那篇小文章就是你们哥哥发的，下场无路人哦。

06 ///

钱玫也翻了翻勒大少的微博：你怎么连张自拍都没有？

钱玫想了想他的直男拍照水平：也幸亏没有。

钱玫精心挑选了一张花絮照发给他：快，发到你的微博上。

勒大少：阿钱……你又打什么主意……

钱玫：反正不是要整你。

勒大少乖乖照做。

那张花絮照里，他目光温柔，笑得天真、纯粹、灿烂得没有一丝阴霾。

勒大少突然想起那会儿他是在看林乂安。

07 ///

网上的舆论再一次逆转。

被“十八线”的粉丝烦得不行的路人们立马一边倒：谁会相信有这样笑容的小哥哥会是坏人呢！

08 ///

林乂安发现自己的微博又猛涨了一拨粉。

她点开最新的评论看了看，发现全都在讨论多金公子勒昊天。

林乂安：这世界是变天了吗？

林乂安又花了三分钟了解了下事情的始末，发现那位十八线明星正主也亲自下场了。

林乂安想了三秒。

林乂安发了条微博：@多金公子勒昊天 这个是原型，不是cos。当天我也在场，稍后条漫奉上。

网友A：所以太太这是要硬刚了吗？

网友B：太太别怕，我们保护你！

网友C：等等啊，你们没发现这句话的重点吗？这个是原型，原型！

网友D：原型的意思是，这个小哥哥是个多金公子那样的“壕”？

网友E：我翻完他的微博了，就是个“壕”，已确认。

网友F：快去查查富豪榜上哪位大佬姓勒！

当天勒大少的身份被扒了个底朝天。

顺带连“梅兰菊”三少的身份也被挖掘了出来。

同时被发现的还有菊少跟该品牌创始人Lilian的秀恩爱记录，还有菊少的一条微博：哈哈哈，阿昊你已经沦落到要给我女朋友当服装模特了吗？@多金公子勒昊天

多金公子勒昊天回复：对呀，时薪一千的那种。

好了，破案了，什么“时薪一千的小模特”，人家就是大少爷去朋友那儿体验下生活。

与此同时，林乂安将还原事件的长幅条漫也发到了微博上。

虽然只是简单的黑白涂鸦，但“十八线”的目中无人、没事找事还是勾勒得活灵活现的。

吃瓜群众争相转载：

网友A：所以是“十八线”欺压新人，结果没想到欺压到人家大少爷的头上吗？我能指着这事乐一年。

网友B：哈哈哈，还说人家的衣服是山寨的，你知道他是谁吗？

网友C：还问能不能给他引荐下昊天集团的天少，人家就站在你面前！

网友D：他还让人家闭嘴。

网友E：哈哈哈，对！

09 ///

晚饭，因为林乂安下午忙着赶条漫，只简单地炒了个饭。

勒大少倒是一点都没抱怨，带着笑，眼睛亮闪闪地一直盯着林乂安看。

林乂安：“怎……怎么了？”

勒大少像是有点害羞，微微低下头：“林小安，你……”

林乂安：“什么？”

勒大少：“哦，我说谢谢你替我打抱不平。”

林乂安对他豪气地一抱拳：“好说。”

勒大少：“……”为什么他觉得这么下去他们得有情人终成兄弟？！

10 ///

勒大少觉得好像少了点什么。

哦，好像林木和阿秋已经两天没来吃晚饭了。

勒大少：“呃……林木呢？”

林乂安：“中了我‘007’的诅咒。”

勒大少：“啊？”

林乂安：“就是他在公司从早上零点上班，上到午夜零点，加班睡实验室，不用回来了。”

勒大少：“这么惨……”

林乂安：“也还好，其实像我这种自由职业者每天除了吃饭睡觉也都是在工作。”

工作了一天又开始闲在家的勒大少心中生出一阵心虚。

勒大少：“呃……我是不是应该再努力点工作？”

林乂安：“你？你工作一天就抵我们的一个月了，你下个月再去工作也行。”

林乂安瞥向他：“人跟人的起跑线还真是不一样。”

勒大少：为什么林小安这话听起来更扎心了呢？

他觉得自己在林小安眼里就是“何不食肉糜”那故事里的白痴皇帝。

勒大少委屈。

林乂安自觉说错了话："呃……我是说起跑线高是好事，可以跑得更快更远嘛。"

勒大少又燃起了信心：林小安对我寄予厚望！

勒大少：果然要努力工作才行。

稍晚，林木饿死鬼投胎一样回来了。

他吃完摊在椅子上不想动。

林木："我觉得我需要换个工作。"

林乂安："你才工作了没几天。"

林木："其实我想了想，觉得我蹭吃、蹭喝、蹭住然后备考就可以了，我很好养、很省钱的。"

林木油嘴滑舌："你看，这样我还有更多时间应付咱俩的妈。现在我说在跟你培养感情，却连个约会自拍都拿不出来。"

勒大少："不行。"

林木："小安都没说不行，我管你行不行。"

勒大少控诉："林小安，他对你图谋不轨，你别信他。"

林乂安："哈？"

勒大少："他就想把你稳住，然后拐你回去成亲。"

林乂安瞪向林木。

林木扭过头，装作事不关己的样子。

林木被林乂安拽了出来。

林乂安迫近："你让那位大少爷误会了什么？"

林木："你又不喜欢他，紧张什么？"

林乂安："这事关名誉，不是紧不紧张的问题。"

林木："嘿，你们两个真好玩啊，别是双向暗……啊啊啊，住手！"

被收拾了一顿的林木跟勒大少道歉。

林木："我不喜欢林乂安。"

林木："我也没想拐林乂安回老家。"

林木："我就是想试试你是不是那个背锅侠……啊不，林乂安的真命天子。"

林木说了没三句又开始浪："其实我喜欢肤白、貌美、腿长的，怎么会看上林乂安那种小鸡崽儿呢？"

勒大少："肤白、貌美、腿长？"

勒大少惊恐："原来你觊觎阿秋？！怪不得你非要赖在阿秋家。"

林木："喂！老子是直男！"老铁，你们一个两个都怎么回事？

11 ///

就这么解除威胁、突然少了一个情敌的勒大少心情大好。

但他发现他这份开心无处分享……

勒大少想了想，决定去找晏秋，理由嘛，就说关心关心他为什么两天没来吃晚饭好了。

林木还在802的沙发上躺尸。

林木表示回来的时候听见801传出音乐声，觉得不能打扰"天外飞仙"陶冶情操，所以还是在这里窝会儿。

12 ///

勒大少敲了敲801的门，没人开。

勒大少拨了个电话，没人接。

勒大少又仔细听了下音乐，觉得有点耳熟。

他想起阿秋一度整天听钢琴曲，还就那么几首翻来覆去地听，听得他都以为阿秋要弃小提琴转投钢琴的怀抱了。

晏秋对任何事都淡淡的，学小提琴是因为他，学理科也是因为他，而选哲学是因为晏家二老，没见他真喜欢过什么。

但晏秋疯迷钢琴曲的那阵子是真疯了，那么自律一个人，竟然创下了连续几十个小时不吃、不喝、不睡的不良纪录。

等他找到晏秋的时候，晏秋脸色煞白，整个人看起来都是蒙的，感觉被戳一指头就能倒。

由此让他知道原来阿秋喜欢上一样东西，是这样的。

当时他还感叹了下幸好阿秋平时喜欢的东西不多，否则哪有那么多精力让他耗？

咦？阿秋不会“旧病复发”了吧？

勒大少想了想，回家拿了801的备用门卡，开门进去了。

13 ///

晏秋就坐在客厅里。

他家的客厅改造过了，没有大沙发，没有电视机，宽敞通透，有点像小型音乐教室，还摆了一架白色的钢琴。

CD机就放在钢琴的旁边，正播着曲子。

晏秋的小提琴跟琴弓难得地用完后没收进琴盒，就那么靠着钢琴随意地放着。

勒大少问：“阿秋，你在想什么呢？给你打电话也不接……”

晏秋轻轻道：“想一个人。”

勒大少：“哦？”

这想人还要配着钢琴曲？

勒大少终于想起这熟悉的旋律是啥了，《猫和老鼠》的配乐！

他恍然大悟：“阿秋，原来你想人的时候，要听《猫和老鼠》啊？那你是猫啊，还是老鼠？”

晏秋：真是败给你了……

晏秋：“这是肖邦的*Molto Vivace*。”

勒大少：“我还以为你跟你想的那个人是追跟被追的关系呢。”

晏秋：“还没追。”

勒大少：“啊？”

晏秋："还没来得及追。"

勒大少的危机感又上来了。

他倒抽一口凉气：阿秋这是要追谁？！

晏秋起身关了CD机。

勒大少："怎么不听了？"

晏秋看了他一眼："没心情了。说吧，你有什么事？"

勒大少：阿秋嫌弃我！他想人的时候，不要我在场！

忧心忡忡的勒大少："那个……阿秋，你觉得林小安怎么样？"

晏秋递给他一瓶冰水，答："挺好的。"

勒大少："有多好？"

晏秋随口道："可以带去荒岛一起生存那么好。"

勒大少握着冰水，觉得自己的心拔凉拔凉的。

勒大少决定直接出击。

勒大少："阿秋，你是不是有喜欢的人了？"

晏秋："嗯。"

勒大少："是不是……林……"他突然哽住。

万一他说出林小安，阿秋说"是"怎么办？

然后他身为好兄弟，是不是该退出成全他们？

先承认的人就赢了，果然是要先发制人。

啊？你说林小安还没答应？

林小安可是阿秋的迷妹，就是那种整天喊着要跟男神结婚的迷妹。

你想想，男神只把你当粉丝还好，要是有一天突然说喜欢你，那还不得疯了？

到时候，他只能站在伴郎的位置上，看着他俩步入婚姻的殿堂。

他还不能哭，要保持微笑。

多么凄惨的下场。

勒大少想想都觉得嘴里发苦。

勒大少的脑筋转了十八个弯。

屋内陷入诡异的沉默。

晏秋提醒了一声："什么？"

勒大少："呃……我是说，阿秋你喜欢的人什么样？"

晏秋眼前浮现出那个长发飘逸的身影。

他的嘴角浮起微笑："长发。"

勒大少蓦地站直：林小安就是！

晏秋眼前的人影在阳光下弹着钢琴。

晏秋："有艺术细胞。"

勒大少想起林乂安的各种画：林小安也有！

晏秋眼前的人影不在乎地微笑："没事，下雨而已，淋湿就淋湿了吧。"

晏秋叹气："太随遇而安。"

勒大少：林小安也是！她的名字里还带个"安"字！

晏秋眼前的人影随意地摆了摆手："不用送我。"

"只是顺便。"

那人影微笑道："但我们并不顺路，走了，下周见。"

晏秋："独立，"他不自觉地咬紧了牙关，"独立到让人有点……生气。"

勒大少想起林乂安那时不时被紧紧关上、就差悬挂"请勿打扰"的房门：完全符合！

14 ///

勒大少失魂落魄地回到了802。

他支支吾吾地问林乂安："要是阿秋想追你怎么办？"

林乂安一副"大少爷今天又抽什么风"的态度回应："哦，那还真是三生有幸。"

勒大少内心惊泪：啊啊啊！这情敌怎么一茬儿接一茬儿的防不胜防啊！

在沙发上闭目养神的林木，在心里对这两位翻了个白眼。

15 ///

林乂安在赶稿漫画的第六章。

故事里的知州大人心不甘、情不愿地求证着晏秋的“功名在身”。

林乂安上网查了查，得到“大学生相当于古代进士”的结论。

林乂安想了想A大在帝都的地位，这里毕业的学生也确实称得上是“天子门生”了。

哎？等等……要是进士相当于现今的大学本科，那勒大少的硕士身份岂不得是三甲之一？

林乂安想到轻轻松松赚了她一个月收入的勒大少……虽然是靠脸……

这还真是人跟人的差距啊……

她忍不住在知州大人说“算了，都免了吧”的后面又加了两格漫画：

天少一脸实诚：啊，张伯父，其实我想起来我也有功名在身。

知州大人：啧。

因为之前画澄清的条漫耽搁了时间，林乂安紧赶慢赶还是迟了半天才发出第六章。

林乂安如今的微博转评里是四分天下。

苏芙粉、晏秋粉，还有新崛起的多金公子粉……以及“孜孜不倦”来卡她的“十八线”粉。

因为第六章没有苏芙的戏份，苏芙的粉狂刷了十几页的抗议。

“十八线”的粉丝觉得机会来了：我就说这漫画画的什么乱七八糟的！我来帮你们一起骂作者。

苏芙粉：滚。

第十一章

制造机会

01 ///

过了两天，勒大少被叫去补拍物料。

他没精打采，萎靡不振。

钱玫："怎么？暗恋不顺？"

勒大少："我哪有暗恋？"

钱玫："嗯哼。"

勒大少："我、我要恋那也是明恋！"

跟他配合的小女生模特："哇，多金公子恋爱啦？"

小女生："天少你是不是明恋你的跟班啊？"

勒大少：有这么明显吗？

勒大少自信满满："既然你们看漫画都看出来了，那我果然是明恋。"

勒大少跟她们探讨："那你们有没有看出她到底喜不喜欢我？"

勒大少："我总觉得她更喜欢我的情敌……"

几个小女生穿着Lilian女装品牌这一期的少女系列服装，青春活泼得像一只只彩雀。

小女生："天少没事的，你这么帅，肯定会把情敌比下去的。"

小女生："天少你的情敌是谁呀？"

勒大少："就阿秋啊。"

小女生们沉默了。

小女生露出了同情的神色："天少，你完了。"

小女生："那可是作者太太心里神仙一般的人物。"

勒大少内心在哭泣……

小女生们出主意："其实解决情敌最好的办法就是给他拉个CP。"

小女生："不如来个double date（双重约会）吧？"

勒大少："啊？"

小女生："你找另外一个神仙跟他配，不就解决了吗？"

小女生们叽叽喳喳道："而且追女生就是要投其所好。这周末就有漫展，作者太太肯定喜欢……"

勒大少："你们等等，哪来另一个神仙给阿秋配？"

小女生们心花怒放地齐声道："苏苏啊。"

这八竿子打不着的两个人让勒大少的大脑卡壳了那么一瞬。

勒大少："啊？"

此刻的勒大少还不知道这世界上有一种叫作CP粉的生物。

他更不知道这世界上还有一种叫"苏all"的CP粉。

02 ///

林乂安在这周怒而双更了七、八两章。

当年的事件在她的画笔下隐晦又直白地呈现了出来：

苏芙被莫名其妙地告白、被陷害、被退赛、被讥笑、被造谣、被群嘲……又被温柔相待，被守护、被爱。

一个"爱"她的人推她跌入泥沼，一群爱她的人为她支起一叶浮舟。

画完，林乂安突然有点明白苏芙对她所谓的后宫团那近乎无原则的宠溺是因何而来了：

其一当然是因为她性格好，但或许感激也是一个很重要的因素。

评论里苏苏的粉丝们群情激越又心满意足：

呜呜呜，苏苏，你值得所有美好。从今天开始我就是"苏all"！

不，你们不觉得这世上能配上苏苏的只有公子了吗？我投公子一票！

嗯？这走向好像有点偏？

还有你们是认真的吗？你们知不知道公子本尊是谁！

这时候她的房门被敲了三下。

林乂安去开门，看见勒大少扭扭捏捏、含羞带怯地支吾了半晌。

林乂安心中拉起警报。

勒大少："林、林小安……"

林乂安也被他带得有点莫名脸热："怎、怎么了？"

勒大少："我买了周末漫展的票，想让你转交给你家苏苏。"

林乂安："哦。"

勒大少看到她的反应，总觉得她误会了什么："当然你那份我也买了，阿秋那份我也买了……"

林乂安的心里生出一抹异样。

林乂安："你……不会也是'苏all'党吧？"

勒大少：啊？

03 ///

所谓的double date，重点就是要有两对情侣。

没有情侣，就制造情侣。

到时候拉个关系不错的妹子进来，然后进入约会地点，立马找个理由两两分开行动。

说不定那两位一见钟情，直接省了铲除情敌的麻烦。

即使没成，也能给自家妹子留下对方有伴的印象，多好。

这简直是拆开三角关系的利器。

勒大少越想越满意：

一个是林小安喜欢的苏苏，一个是林小安喜欢的阿秋，这么凑一对，直接双杀。

于是周末那天他一早就等在了漫展门口。

林乂安说要去见一个客户，待会儿直接过来。

她现在忙于画漫画，私单已经接得少了，但“氪金大佬”的单子还是不能不接的。

然而，没一会儿勒大少等来了林木。

勒大少皱眉：“你怎么来了？”

林木：“小安说你找的苏苏有约了，我就把这票给截了。”

林木：“你这是碗里的还没吃到，就想着锅里的了啊？我要替小安看着你这个负心汉。”

勒大少撇了撇嘴，嫌弃道：“也行吧。”

林木：也行？什么也行？

勒大少嘀咕：“反正一个是她的男神，一个是她的未婚夫，也是双杀。”

林木：他怎么好像听到了什么不太对的事情？

勒大少：“为什么阿秋也还没来……”

勒大少打了个电话，发现关机。

于是他打了林乂安的电话：“啊？你要先回家取个快递？哦，那你顺便叫下阿秋，我觉得他忘了。”

勒大少转头对林木器重道：“待会儿带阿秋好好玩，亲密点。”

林木想了想之前的人员配置，突然明白过来：

你这是想搞个双人约会啊！

林木也终于明白什么叫“也行”了，差点原地起跳：

我是男的！男的！别说我不敢把那位“天外飞仙”怎么样了，即使我敢贴上去，你觉得林乂安她会相信我俩有什么吗？！

林木内心还没暴躁完，那边勒大少收到一条短信。

勒大少垮下了脸。

林木：“怎么了？”

勒大少：“林小安说她跟阿秋都来不了了……”

林木冷眼“呵呵”：“那看来今天只有我们两个去逛了。”

勒大少一脸惊恐，就差抱胸了：“我不！”

林木：你那是什么眼神！

到底为什么他到帝都后就一直被怀疑不是直的？！

04 ///

林木劝他："林乂安可不是那些言情剧里的女主，她说不来，那你等到明天她也不会来的。"

勒大少用奇怪的眼神看着他："我为什么要等她，我不可以去找她吗？"

勒大少拨了一个电话过去："林小安，你竟然放我鸽子！啊？你要陪阿秋？"

林木：这是什么狗血对话？

勒大少："那你把地址发我，我也要去……"

林木：你要去捉奸？

勒大少突然瞪着手机："她竟然挂我电话！"

勒大少又拨通了电话。

勒大少："哦，刚刚是阿秋挂的啊。"他松了一口气。

勒大少笑呵呵地道："阿秋这样你应付不来的啦，我有经验……好，我直接过去。"

林木：这是值得轻松的事吗？！

勒大少："我去找林小安了，你自己随意。"

林木提醒他："刚刚是晏秋挂了你的电话？"

勒大少毫不在意："是啊，阿秋经常挂我电话，很正常。"

林木：你到底被他挂过几次电话？不对，重点是他挂的可是林乂安的手机！

勒大少飞奔到路口打的走了。

05 ///

林乂安一手搂着晏秋，另一手的臂弯里挂着老家特产，艰难地挂断了电话。

她回想到几分钟前：

那时她把她妈每月例行投喂的口粮放入冰箱，想了想又分出一小半，打算去敲801的门。

结果她刚出门，801的门就开了。

晏秋走了出来。

他穿着一件高领毛衣，额发软软地垂落，脸半埋在领口，整个人看起来松白软绵得像被棉花糖附体。

当时她肯定是鬼迷心窍，才会觉得男神这样子简直太萌了。

她颜控作祟，甚至还在心里小小地尖叫了下。

然后她看见晏秋晃了晃。

林乂安：这是？

晏秋扶住墙让自己勉强站稳了。

林乂安：这是怎么了？！

晏秋站直身子向电梯口走去，一步三摇。

林乂安：啊，他是生病了！

林乂安连忙三步上前将人扶住。

晏秋呼吸灼烫，脸色绯红，一看就是发烧了。

林乂安：“去医院？”

晏秋：“不去。”

林乂安：“呃……那药？”

晏秋：“不吃。”

林乂安第一次受到了如勒大少一般的待遇。

她对勒大少的强韧神经有了新的认识。

到底要有多么强大的心理素质，才能在这种气势的嫌弃下笑得没心没肺？

林乂安觉得一定是自己之前胡乱脑补男神棉花糖附体而遭到了报应。

林乂安："那……你要去哪儿，我送你去？"

晏秋推开她的搀扶，摇摇晃晃地向电梯走去："不用麻烦。"

林乂安迅速回："不麻烦。"她决定学习勒大少死皮赖脸的精神。

晏秋回头看了她一眼："你不是约了阿昊吗？"

林乂安迅速编辑了一条信息发过去。

发完，她抬头真诚地看向晏秋："已经取消了。"

话音未落，勒大少就一个电话打了过来："林小安，你竟然放我鸽子！"

林乂安想了想还是决定据实以告："呃……你家阿秋生病了，不肯去医院，又不肯吃药好好休息，还非要出门。我不放心，得陪着他。"

勒大少："那你把地址发我，我也要去……"

晏秋冷瞟了她一眼。

林乂安瞬间㞞了，把电话递给他看："是你家阿昊。"男神我保证，绝对没在外人面前编派你。啊，不对，我在内人面前也没有编派你！咦？什么内人？

然而晏秋手指一戳就把电话按断了。

晏秋说了一个字的理由："烦。"

啊，多么引人误会的场景啊。

这要是一部言情剧，下一集是不是该放"你听我解释""我不听我不听"了？

勒大少已经又一个电话拨了过来。

林乂安接起，连忙澄清："刚刚是你家阿秋挂的电话。"

勒大少："哦，刚刚是阿秋挂的啊。"他的声音听起来还有点开心，"阿秋这样你应付不来的啦，我有经验……"

林乂安："好吧，那等我问出你家阿秋到底要去哪儿，我微信定位发你。"

勒大少欢快地应了声："好，我直接过去。"

林乂安回忆完深吸一口气。

她抓紧了晏秋的胳膊，庆幸自己的握力还是可以的。

"你要去哪儿，我陪你去。"林乂安甚至还大着胆子加了句威胁，"否则今天你哪里都别想去。”

晏秋发红的眼睛微微眯起。

林乂安手如铁箍，不动如山。

晏秋妥协：“我告诉你地址。”

06 ///

出租车上。

林乂安：“这个地点好像是个居民区？”

晏秋：“嗯。”

林乂安：“你有朋友住那儿？”

晏秋：“嗯。”

林乂安：“一定要今天去，不能改时间？”

晏秋回头：“你……”

林乂安：“什么？”

晏秋：“不要被阿昊同化。”

刚刚……男神是不是委婉地嫌弃了她烦人？

出租车停下等着红灯，晏秋盯着路边的一间餐厅出神。

他仿佛听到钢琴声从餐厅里飘出。

他的眼前浮现出一抹身影：那人坐在钢琴前，手指在黑白琴键上轻快地跳跃。

林乂安探头一看：“我记得勒大少说你经常来这边吃饭？”

幻象被打断，晏秋捏着眉心，心累地回复：“每个月一次，在国内的话。”

林乂安：“这家餐厅很好吃？”

晏秋：“不。”

林乂安：呃……

生病的男神简直没法交流！

07 ///

到了地方，晏秋摸出钥匙就开门进去了。

说好的朋友家呢？

林乂安一看屋内女性化的摆设：这是……金屋藏娇？

晏秋已经熟门熟路地摸了过去，往榻榻米上一滚，抱住了一床米色的被褥。

他舒了一口气，看着好像马上就要陷入昏睡。

林乂安站在榻榻米边上浑身尴尬。

喂，等等，先别睡啊！传说中的屋主人呢？

林乂安突然想起，勒大少说晏男神曾经有过一个女朋友。

林乂安："这是……你前……呃……女友的住所？"

晏秋声音冰冷地说："不是。"

林乂安："那是？"

晏秋闭着眼睛："还不是女友。"

不是女友还开人家的房门、滚人家的床单，这岂不是很可疑？

林乂安定了定神，委婉道："那直接滚人家的床是不是不太好？"

晏秋睁开眼，微微皱了皱眉："不好？"

眼前浮现的人影撩了下她被风吹乱的发丝，对他微笑着说："我决定跟随乐团出国了。"

他含混地咕哝了句英文，以林乂安只能熟练掌握Hands Up（举起手来）的英文水平，她只能隐约听出那是一句骂人的话。

晏秋："谁叫她不回来。"

林乂安：男神，你这话说得更可疑了！总觉得都快到需要报警的程度了！

晏秋声音含混："我一定会找到她的。"

林乂安心中某个开关被触动，她想起了她卡里一点一滴积攒起来的出国资金。

她心里隐隐浮现出一个连她自己都觉得匪夷所思的念头。

08 ///

勒大少拎着感冒药大咧咧地迈进来。

他环顾四周，被女生风格的房间摆设惊了惊。

勒大少：“阿秋，看不出来嘛，你一直金屋藏娇啊……啊，那个‘娇’呢？”

然后他的视线定在了屋内唯一的女生林乂安身上。

林乂安：“看我做什么？我住的是你的‘金屋’吧？”

勒大少傻笑：“也对。”

林乂安看向勒大少。

勒大少急忙举手申辩：“我也是第一次来。”

林乂安：我又没怀疑你是那个“娇”……

勒大少上前：“正事要紧。”

他拆开药，拧开一瓶矿泉水：“你看，没我不行吧。我就知道阿秋不会乖乖吃药。”

林乂安：“所以你打算怎么让他吃药？”

勒大少：“你先把他扶起来。”

林乂安照做。

勒大少一手捏住晏秋的下巴。

林乂安戒备：“你要干吗？”

勒大少安慰：“放心，阿秋不会揍我。”

哈？你的意思是换成别人，晏秋还会揍人？

勒大少自豪地解释：“我和阿秋从小打混战，阿秋即使打蒙了，也不会揍到我。”

所以说换成别人喂药，晏秋果然会揍人？

林乂安看着晏秋无害的侧脸，果然人不可貌相。

等等，现在这个不是重点！

林乂安：“所以你这是打算……”

勒大少一副理所当然样：“硬喂。”

林乂安：喂！

林乂安阻止了他。

林乂安从她本来打算孝敬晏秋的老家特产里掏出了茶罐，找到电热水壶烧上水。

勒大少："这是啥？"

林乂安："我妈特制的药茶，有缓解感冒的功效。"

勒大少："你这个靠不靠谱啊？"

勒大少望向黑乎乎的罐中，想起漫画里林木的"好虫善蛊"。

勒大少："呃……里面不会有什么奇奇怪怪的东西吧？"

林乂安瞥了他一眼："你前天不是才喝完最后一包吗？"

勒大少："啊？"

林乂安："你还说挺好喝的。"

勒大少想起来："那不是普通的茶包吗？"

林乂安："那是我分装的。"

勒大少摸向了自己的喉咙。

林乂安："你咽下去两天了。"

林乂安安慰道："你放心，平时喝也没事，还可以增强免疫力。"

勒大少放下了手："哦。"

热水倒入茶杯，袅袅升起特别的茶香。

林乂安等茶温了，就端着茶唤醒了晏秋，哄道："这是茶，不是药。"

勒大少："你这句话有点此地无银……"

林乂安一个回眸瞪过来："要你多嘴！"

晏秋闻着记忆中熟悉的香气。

眼前浮现的人影语调轻柔带笑："这是茶，不是药。"

晏秋说出了当时憋在心里的话："哪怕是毒药，如果是你给的，我也不介意……"

他接过茶杯喝了下去。

林乂安愣了愣，下意识地回头去找勒大少。

勒大少面色发白，好像情绪一下子放空了一般。

下一瞬，他的脸上又挂上了突兀的惊愕。

勒大少惊呼："阿秋，你想喝毒药也不能害林小安背上杀人的罪名啊。"

林乂安："闭嘴，让病人静养。"

勒大少："哦。"

09 ///

晏秋在被窝里又昏睡了过去，这回呼吸倒是平稳了很多。

租屋很小，林乂安跟勒大少也没什么地方坐，就随便坐到了地板上。

勒大少开腔："林小安啊……"

林乂安隐约觉得他要说的不是好话。

勒大少语重心长地说："替身梗通常是BE（悲伤的结局）的。"

林乂安："哈？"

林乂安觉得自己永远跟不上勒大少的脑回路。

而勒大少在一边忧心忡忡：阿秋这是打算出手了吗？

怎么阻止一个迷妹恋上她的偶像？非常急，在线等……

10 ///

林木逛完漫展回到公寓，等了很久也没见那仨人回来。

他脑补了一万种可能，种种都是修罗场。

林木不厚道地想：我当时没跟去真是太可惜了。

然后他的手机响了。

他一看备注：小安妈。

林木毕恭毕敬地接起："是，是，我们好着呢，我正等小安回来一起吃晚饭。"

电梯门开了，勒大少在门口喊："林木，过来帮把手。"

林木的小心脏那么一颤："对对，她回来了，阿姨回聊。"他手忙脚乱地想挂断电话，却不小心按到了扬声器。

勒大少："林木，过来呀，你还想不想吃火锅了？"

林乂安："算了，这点食材我拎进去就是了。男神你烧还没完全退，你就不用操劳了。”

林木的手机里传出林乂安她妈的怒吼：“林木！你行啊，你伙同他们一起来骗我跟你妈！你是不是还要加入他们给我凑一桌麻将？！”

林木终于瞅准了位置，把电话挂断。

林木对着林乂安露出了尴尬的笑：“呃……是你妈。”

林乂安变了脸：“林木！”

林木觉得：果然幸灾乐祸是会有报应的。

第十二章

女婿上门

01 ///

餐桌上。

林木分析："今年过年我肯定不回去了。"

林木："我们两只鳖总不能入同一个瓮，不然我们俩的妈到时候抓我们去凑对成婚什么的不是手到擒来？"

林乂安："我每年都回家过年，今年突然不回去我阿婆要担心的。"

林乂安瞪林木："而且我也不能一直装死，总要跟我妈解释清楚……"

林木："那你小心，你现在这情况，即使没了我，村里其他小年轻也多的是，指不定你妈已经给你安排好了下一门亲事。"

勒大少突然开口："我也去。"

林乂安："哈？"

勒大少一脸严肃："今年我陪你回家过年。"

绝对！不能让林小安被抓去成亲！！！

晏秋在出神，不知道想到了什么轻轻地"嗯"了一声："我也去。"

勒大少：阿秋果然也在觊觎林小安！

02 ///

几天后。

林乂安看看拎着大包小包的勒大少："这些是……要拿去我家的年货？"

勒大少忧心忡忡："对啊，这是给伯母的，这是给伯父的，这是给阿婆的……你说他们会不会喜欢？"

林乂安："你……不用这么客气。而且现在就准备年货，是不是有点早？"

勒大少："对哦，我看一下保质期。"

林乂安：这不是重点……好吧，也算……

03 ///

林乂安的漫画更新到了第九章。

林木突然发现自己成了众矢之的。

林木："林乂安……你要不要这么狠，让我倒在多情公子的怀里？"

林乂安："你是第一个享受她这种待遇的男性角色，不用谢。"

林木："算了，姐姐说了，好男不跟女斗。"

林乂安想了想，突然收起戏谑的神色："林木……"

林木："什么？"

林乂安："你还记不记得前几天是什么日子？"

林木静默了下："你是说姐姐……林乂安，你想到了什么？"

04 ///

勒大少身为新晋网红，接到了人生中第一个品牌合约。

他对Lilian得意地笑："你看，我早就说了还不如签我。"

Lilian无语。

勒大少："阿莉，你别放不下面子嘛，在商言商就要脸皮厚。现在这种情况，'十八线'那步棋已经下烂了，再找一个也扭转不回他的粉丝给你们带来的形象损失，还不如顺势推我，你们才有逆转的可能。"

勒大少很自信："我就知道你们最终还是会来找我的。"

他露齿一笑："因为我才是你们的最优解。"

Lilian：道理是这个道理，可怎么听着这么气呢？

Lilian催促道："那你倒是签啊。"

勒大少："哦，忘了告诉你，我的经纪约签给阿钱了，之后她会直接跟你谈。"

Lilian觉得不可思议："你把经纪约签给了钱玫？你就不怕她把你卖了？"

勒大少点了点头："阿钱是会把我卖了，但我相信她会卖个好价钱的。"

05 ///

阿涧试探着问勒父："勒叔，要是阿昊进入模特圈，您觉得怎么样？"

勒父："打断他的腿。"

06 ///

林乂安的漫画更到了第十章。

她看着自己笔下的晏秋：好乐、善奏，还听懂了应声蛊的传音。

其实她也不知道自己在冥冥之中为什么会画下这么一条隐线，或许是因为她觉得如果有一个男神那样的存在也在找"圣女"，那"圣女"就一定会被找回来……

苏芙这一节的故事已经进入收尾阶段，林乂安估摸了下，再有两三章就能完结了。

那下一节的故事……

林乂安想起她跟林木提过的那个匪夷所思的念头。

当时林木怎么说的来着？

"你不如去跟他说打算把圣女起名叫林夏，看他什么反应。"

要不……她借着取材的由头试探下？

07 ///

说干就干，林乂安抛下第十一章的分镜稿，跑去敲801的门。

晏秋开门。

林乂安看到冰清玉洁、凛然不可欺的男神，鼓起的勇气就这么散了。

现在她说敲错了还有救吗？！

晏秋看着她。

林乂安硬着头皮道："其实……我想来取个材。"

两人进屋坐下。

晏秋给她倒了杯热茶。

林乂安闻着熟悉的药茶清香，渐渐镇定下来。

林乂安直接出击："我打算把圣女起名叫林夏。"

晏秋："嗯。"

林乂安：嗯？就这点反应？

林乂安霎时觉得自己之前果然是脑洞太大。

林乂安解释："圣女的原型其实是我同村的姐姐。"

晏秋："我知道。"

林乂安："你知道？"

晏秋："你跟林木还有哪个姐姐？"

林乂安：对哦，漫画里他俩为姐姐争吵差点吵了一话，她傻了。

林乂安："其实姐姐只是半个原型，还有半个我参考了您那位'还不是女友'。"

晏秋神情一僵，又是一冷。

林乂安连忙道："当然如果你介意的话，我立马去删改。"

晏秋："不用。"

林乂安："啊？"

晏秋把玩着茶杯，淡淡道："漫画里把前三个字去掉就可以了。"

林乂安：前三个字？什么前三个字？呃……"还不是"？

晏秋又轻飘飘道："我开玩笑的。"

林乂安："哦……呵呵。"男神你刚刚的表情可一点都不像在开玩笑！

晏秋："你想听什么？"

林乂安："呃……比如你跟你那位……呃，是怎么认识的？"

晏秋合了合眼："我当时参加了一个比赛……"

林乂安记：上一届《武林大会》。

晏秋："初赛后，我跟同伴到上次我们路过的那家西餐厅里小聚了一下。"

林乂安记：赛后聚餐鸿雁楼。

晏秋："那家西餐厅里摆着一架装饰用的白色钢琴。"

林乂安记：摆着一把瑶筝。

晏秋："我们正用着餐，店里突然响起了《春之歌》。"

林乂安记：筝音起。

晏秋微笑："我第一次听见这么……饱含情绪的演奏。抱怨、兴致盎然、小得意……各种情绪混在音符里向我砸了过来。"

林乂安记：晏秋花痴（划掉）赞叹。

晏秋："我抬头就看见钢琴前多了一个演奏者，她正弹到兴起的时候，对着我的方向无意间一笑。"

晏秋："我大概……第一次对一个人产生了好奇。"

林乂安记：一笑定情。

林乂安抬头，等然后。

林乂安脑补：果然一上来就是我把你当知音的套路吗？还是后来两人携手共奏一曲，瞬间成了伯牙子期？又或者同伴吃坏了肚子不能上场，于是决赛拉了她救场，然后惊艳四座，获得金奖？

林乂安兴冲冲地催促："然后呢？"

晏秋："她弹了一小时，我听了一小时，然后看着她走了。"

你们这不是完全没认识吗？！

晏秋："后来决赛时我又遇到了她，她是银奖获得者的伴奏。"

林乂安记：分属两大阵营，相杀。

晏秋："比赛结束后，主办方设了个晚宴。她走过来对我笑了笑，说……”

林乂安：下回，我们一定赢你？

晏秋：“说我的手很漂亮，能不能让她摸一下。”

林乂安的大脑空白了下：嘿？

晏秋：“我当时愣住了，没反应过来，她就被人叫走了。”

林乂安：男神，你不要一副很可惜的语气。不对，你们还是没有互相认识嘛！

晏秋：“那天因为晚宴结束得太晚，所以主办方为我们在晚宴的酒店都开了房间。”

林乂安：哎？直接到酒店房间了？进展会不会太快了？

晏秋：“前台给错了门卡。”

林乂安：呃……等等，这是要突然进展到“十八禁”？

林乂安的脑海里瞬间飘过N本霸道总裁系列小说的开头。

林乂安偷瞄了一眼晏秋，想起那句“你的手让我摸一下”，突然为男神的贞操感到担忧。

晏秋：“我用门卡刷开了门，门一开，却发现门后挂了链条锁。”

林乂安可惜：哦，上锁了。

晏秋：“她大概没认出我，有点惊讶，然后笑着说，她不需要特殊服务。”

林乂安：“咳。”

林乂安的心怦怦跳，这调调真的感觉有点熟悉了。

晏秋：“我后来回到自己的房间，忍不住翻出了内部名册，那上面有她的名字和一段简介，她的指导老师是莫大师的朋友。”

晏秋：“再后来，我发现她就在‘A音’，在我大学的隔壁。”

晏秋：“你看过烟花吧？绚烂、璀璨，那般美丽不可方物又一闪即逝。”

晏秋：“每当我觉得，她就只是一场烟花、一个过客，命运又每每将她拉到我面前。然后在我贪念长久后，又让我弄丢了她……”

晏秋自嘲地笑了笑：“现在想来，大概命运真的不肯放过我。”

林乂安听着，莫名地有些难过。

08 ///

林乂安振作了一下，突然想起钱玫八卦过的一个梗。

林乂安：“你们后来还一起打工了？”

晏秋：“嗯。”

他微微陷入回忆中：“她打工的时段太晚，我不放心她一个人下班。”

林乂安：“那……为什么不直接说明你担心她？”

林乂安：“为了接送她下班，就一起打工，是不是太过隐晦？”

她听着故事都产生了一种莫名的焦躁感，觉得自己就像“皇帝不急太监急”里那个被急死的太监。

晏秋像想起了什么无奈可气的事，微微锁眉：“她说不用麻烦。”

林乂安：“啊？”

晏秋学着他记忆中的那位再现了一个洒脱至极的笑容，笑得林乂安一阵发寒：“不用麻烦，我打架还没输过。”

林乂安：没错了，绝对是姐姐！

但不可能啊。

晏秋这颜、这身材、这气质，完完全全、从头到脚、从里到外符合姐姐的喜好。

若那位“还不是女友”的真是姐姐，她怎么忍得住不下手，反而让人家苦恋不得？

林乂安实在忍不住好奇：“你……就没直接表达一下心意？”

晏秋：“没用。”

林乂安：“呃……她不接受？”

晏秋：“她逃了。”

林乂安：“啊？”

晏秋：“大概……她想要自由，却察觉到我想要将她此生都束缚在身边。”

林乂安沉默了下，突然觉得自己现在好像说什么都不太合适。

晏秋突然抬头：“圣女喜欢什么？”

林乂安一下子没反应过来：“啊？”

晏秋："林夏。"

林乂安："哦，姐姐有三好，好吃的、好看的、好听的。"

晏秋默默自省了一下，自己果然是"无一不好"。

晏秋：更气了。

09 ///

林乂安的漫画更新了第十一章。

多情公子的那个事件都已经讲清楚了，故事引到了和圣女相关的一个"过去"。

林乂安叹了一口气，也想知道那究竟是一个怎样的过去。

她放上了一个过年停更的请假公告，收获一片哀号和新年祝愿。

她刷了一会儿评论，然后又笑着选了一个人的评论回复了句"新年快乐"。

走出房间后，她看见勒大少大包小包又拎了一堆年货回来，非常有过年的味道。

但这也太多了吧！那边角落里还堆着一堆呢！

林乂安："这些……不会都是要带去我家的吧？"

勒大少："当然，不然怎么体现出我第一次上门的热情。"

这完全是热情过头了好吗？！

晏秋看着年货若有所思。

勒大少有点戒备，咳了一声："阿秋，那个……你就不用买了，反正……有我买了就行了。"

晏秋移开了目光。

"也是。"他轻飘飘道，"我买了，能送给谁呢……"

10 ///

于是两天后，勒大少推着那堆一人高的年货，"郑重"地出现在林乂安的家门口。

此时小安的阿婆正坐在门口眯着眼晒太阳。

勒大少绽开灿烂的笑容，欢乐地喊了声：“阿婆好！”

阿婆睁开眼，似乎被他吓了一跳，然后看看他，又看看他那一推车的年货，似是了然。

阿婆叹了一口气，然后抓过他的手拍了拍，说了几句他听不懂的话，还塞给他一个红包。

他拆开红包，里面就放了一块钱的纸币。

勒大少却觉得又新鲜，又开心：

阿婆既然又拍手，又塞红包，那肯定是喜欢自己的。

勒大少觉得自己迈出了成功的第一步。

勒大少转头找到慢了两步的林乂安，开心地问：“阿婆刚刚说了什么？”

林乂安贴心地为他翻译了下：“我阿婆说……小伙子大过年的还要挨家挨户地推销年货可真不容易，红包也给你一个，沾沾喜气。”

林乂安补充：“哦，对了，但阿婆说她不买年货。”

勒大少：这剧情走向不对啊……

11 ///

林母听到动静，迎了出来。

她刚想板起脸说“臭丫头，你还知道回来”，就一下看见了那一人高的年货。

林母的脸色好了点。

她再看见林乂安身边只站了一个勒大少，脸色更好了点，还微微松了一口气。

她心想：好吧，林木那浑小子果然没骗她，只有这个一直傻乐的才跟自家丫头是一对。

林母埋怨了一句：“我还以为你这次也要带两个人回来呢。真是的，上次都要被你吓出心脏病了。”

娘啊，上次我解释了，但您不听啊。哎？等等，其实这次也是……

勒大少：“伯母您说阿秋吗？他下了飞机说要先去其他地方，待会儿就过来了。”

林母：什么？！

林乂安：妈，您听我解释！

12 ///

林乂安好说歹说才“解释”清楚，晏秋原本就有来这边旅行的计划，这次只是恰好和他们同行，勒大少才是专程来探望她爸妈的。

林母终于被安抚下来。

林乂安心里反而起了个疙瘩，这话怎么听着有点奇怪？

林母看着勒大少，想着这小伙子虽然不着调了点，但看起来心不坏，而且模样长得俊，只要对自家小安专一，也就随孩子去了。

勒大少看着林母，想着这次小安妈对自己的态度好了不少，看来年货攻势果然有效。

而林乂安看着她妈这一副“丈母娘看女婿，越看越欢喜”的态度，觉得是不是有必要解释一下。但想到身为单身鳖的自己很可能会被捉去跟林木凑对，她想了想，还是把话咽了下去。

13 ///

三个各怀心思的人进了屋，相谈甚欢地到了晚上。

其间，林母还进行了访客第一次上门的必备环节——看相册。

勒大少看到相册里小小的林乂安穿着红白相间的白族服饰，萌得他心都化了。

他偷偷瞟林乂安，脑补着现在的小安要是穿这么一身……一时间，勒大少的眼睛里像灌了蜜。

林母看在眼里，对这个预备役女婿更满意了。

阿婆进来看见勒大少还在，问了几句。

林母答了几句，阿婆笑眯了眼，颤颤巍巍地拽住勒大少的手说了一大堆话。

勒大少："嗯！嗯！好的。阿婆您放心。"回答契合得林乂安以为他听懂了白族话。

林乂安小声问："你听懂了？"

勒大少还在傻笑："没啊，阿婆在说什么？"

林乂安秒答："没什么。"

勒大少："林小安，你脸红了哎。"

林乂安："天热。"

晚饭前，林父回来了，林父一副斯斯文文的样子，只不过跟林木一样晒得比较黑。

林父看着勒大少，小声地问林母："是不是太白了？"

勒大少收敛傻笑，正儿八经地小声问林乂安："伯父是不是有点担心我的智商？"

林乂安忍住了吐槽，简短回答了两个字："不是。"

勒大少："那是？"

林乂安："肤色。"

林乂安又补充了一句："这里觉得男人皮肤黑一点会比较帅、比较健康。"

勒大少想起了林木黝黑的脸。

勒大少觉得自己是不是该去做个日光浴？

林母小声回答："女儿喜欢就好，你管这么多。"

勒大少又想了想苏芙和晏秋白净的脸，决定还是抛弃日光浴。

14 ///

晏秋发来一条信息，知会了一声他今天自有安排。

勒大少就跟小安一家开动了晚餐。

林母布菜，客套道："都是些这边的家常菜，不知道你吃不吃得惯。"

勒大少笑道："没什么不习惯的，平时家里都是小安做菜。"

林父林母对了个眼色，电光石火间交换了无数信息。

林母突然问："那你们什么时候领证啊？"

林乂安："啊？"

勒大少转头问林乂安："可以领证吗？"

林乂安内心咆哮：当然不行！

勒大少回头笑："都听她的。"

勒大少还给了她一个wink（单眨眼）。

林乂安接收到了勒大少的"挤眉弄眼"（误），觉得自己明白了。

她没想到勒大少竟然这么上道——为了帮她应付爸妈的催婚，肯这么牺牲自我（大误）。

第十三章 圣女林夏

01 ///

一顿饭有惊无险地吃完了，林乂安决定对勒大少表达下感谢。

勒大少羡慕道：“你们家的氛围真好。”

林乂安想起了电视剧、电影里豪门多恩怨，男主总会羡慕这种平凡人的温馨，便试探性地问了句：“你们家父母关系不好吗？”

勒大少：“他们经常吵架。”

林乂安心里“咯噔”一下，瞬间燃起了同情心。

勒大少继续：“每次我爸要揍我时，我妈都拦着不让，然后他们就吵起来了。”

林乂安：所以，原来罪魁祸首是你啊！

林乂安完全忘记自己之前想要跟他说什么了。

勒大少摸着吃饭的餐桌。

餐桌木色暗沉，中间嵌了一块石面，有点年代的样子。

勒大少：“这桌子得值上百万了吧？”

林乂安：“哎？”

勒大少摸着旁边的椅子：“这椅子黄花梨的，我爸有一对差不多的，他拍下来花了上千万。”

林乂安：“呃……你说真的？”

勒大少自豪道：“贵的东西，我只要一看就知道了。”

对，所以你买菜也是只买贵的，不买对的。

勒大少："我爸喜欢收藏这种东西，所以我从小见得比较多，不过没见过像你们家这样摆着日常用的。"

勒大少总结："林小安，你还说我是土豪，你这才是真奢侈吧？"

林乂安内心一片平静：我怎么不知道从小用到大的家具竟然是古董?

林乂安跟她妈求证："妈，我们家这张桌子是什么年代的？"

林母回忆了一下："不知道，反正我小时候就在了，老祖宗传下来的。"

于是林乂安去问阿婆。

阿婆也表示是老祖宗传下来的，她小时候就在了，保养得一直挺好的。

林乂安：保养？我刚刚还朝它吐鸡骨头了！

林乂安表示，她家心大是遗传的。

02 ///

林乂安她爸是研究白族民俗的，曾经跟着某大学的科考队来到这个村。

这个村里的人大多姓林，林父一下子就觉得自己跟这个村有缘。继而他又跟小安的妈妈产生了浓厚的"革命友谊"，他回去之后，就想方设法调动工作到了这边，并辛苦晒黑，最终打动了小安的外婆。他现在在当地的博物馆继续研究白族民俗。

林父忧心忡忡地找林乂安谈心："他不是本地的，语言不通怎么办？"

爸！您也不是本地的。

林乂安一脸平静："说普通话就好了。"

林父："我还是觉得他白了点，会不会体质有点差？"

爸！您忘记您曾经也很白了吗？身体不也倍儿棒吗?

林父："你真不要林木啊？单方面毁婚不太好吧？"

我跟他哪有婚约！娃娃亲都是你们瞎开玩笑的好吗?

林乂安："他有心上人了。"对不住了林木，死道友不死贫道。

林父惊："什么时候？"

林乂安信誓旦旦："最近。"

林父可惜道："唉，好男孩都被定走了。"

勒大少也不差啊，起码比林木可爱多了。

林乂安："是呀。"

林乂安："爸，您知不知道我们家吃饭的桌椅好像挺贵的？"

林父有一半的思绪还沉浸在可惜中，随口答道："是啊，我考证过，制式是晚明的。不过反正也不会卖，贵还是便宜也都无所谓。"

林乂安：哦，也对。

03 ///

林父："今天我经过阿夏家，看见个年轻人有点眼熟。"

有点眼熟就是不熟了，除了村里人，就只能是游客了。

林父："因为那青年长得俊，所以我之前肯定见过。"

我的颜控肯定也是遗传的。

林乂安："有多俊？"

知女莫若父："你肯定喜欢，你从小画的男孩子都是这款的。"

不是，那是因为姐姐给我描述的神仙哥哥就是这款的。

咦？

林乂安站了起来。

勒大少和阿婆还在那儿愉快地"聊天"。

他一晃眼瞥见林乂安出了门。

勒大少："哎？"

04 ///

林乂安来到姐姐家，绕着转了一圈也没看见人。

她推开门，觉得既然来了，就帮姐姐打扫一下。

结果屋里坐了一个人。

林乂安吓了一跳。

她摸到了电灯开关，却发现这间屋子早被停了电。

林乂安："谁？"

那人起身点上了一根蜡烛。

借着烛光，林乂安发现竟然是晏秋。

或者说……果然是晏秋。

林乂安心里又涌起一阵茫然的难受情绪。

她第一次见到发光、发亮的晏男神这么阴森森的样子。

晏秋哑声问："为什么给她立牌位？"

林乂安又问了一声："谁？"

然后她看见晏秋身后是一张供桌，他手里的蜡烛是供桌上上供的烛火，而供奉的是一个牌位。

林乂安上前一看，那上面赫然写着：林夏。

她胸口猛地一跳。

她的第一反应是谁干的？

她的第二反应是姐姐才没死！

但她突然什么话都说不出来了，一股恐惧袭上心头，让她几乎止不住地颤抖。

有一个声音说，你还要骗自己到什么时候？

另一个声音哭喊着，我不听我不听，我就不听。

林夏自那年夏天断了联系后，就再也没有消息传来了。

姐姐失踪的那年，林乂安决定参军，就是希望有机会能加入国际救援，想找到一丝一毫姐姐还存在于这个世界的蛛丝马迹。

然而到最后，她一事无成，不但连国门都迈不出去，连告诉家人，说她想去姐姐失踪前到过的几个地区都不敢。

古城、神庙、遗址，姐姐发回的照片里如天堂般美丽肃穆的地方，如今变成了国际新闻里的一堆残垣断壁。

林乂安都不知道自己是什么时候开始哭的。

她一把抓过牌位，拿在手里不知所措。

晏秋上前把牌位从她手里抽出，面朝下地放在桌上。

他安抚性地在她的肩膀上轻拍了两下，最后摸了摸她的头，索性让她靠在自己的怀里哭个够。

两个同病相怜的可怜人。

“没事的。”晏秋都不知道自己安慰的是林乂安，还是自己。

站在门口的勒大少看到这一幕后，觉得自己哪儿哪儿都不好了。

勒大少表示他也想哭。

但最终他还是默默地退了出去。

05 ///

林夏有个悲惨的童年。

她很小的时候，父母出海遭遇了意外，只剩下她跟奶奶相依为命。

但是老人年事已高，加上儿子、儿媳妇去世，受的打击太大，没过两年也病重走了。

所以她是被村里的各家照顾长大的。

但这一切并没给她的性格带来一丝一毫的阴霾。

对幼年的悲惨，林夏表示那时候太小，不记得了。

而这种放养在各家的生活，她适应得好到很快就成了村中一霸。

06 ///

林乂安和晏秋坐在洱海边的沙石上。

晏秋：“其实我见过你。”

林乂安一脸问号。

晏秋：“她失联后，我就来这边打探过她的消息。”

林乂安想起她爸说的眼熟的年轻人了。

长得那么好看的，果然容易让人记住。

林乂安反过来安慰他：“姐姐绝对只是失踪。”

晏秋："嗯。"

林乂安："那边那么乱，没法传回消息也正常。"

晏秋："嗯。"

林乂安："等我什么时候一定去……"

晏秋："我都去过。"

林乂安："去过？"

晏秋："第二年我就去了。"

林乂安突然明白过来男神为什么要从哲学转回小提琴了。

钱、时间，以及出国的自由。

林乂安望着远处海天相连的地方，心里生出阵阵茫然感。

世界这么大，真的能找到失踪了那么久的那个人吗？

晏秋目光微凝："活要见人，死要见尸。"

07 ///

勒大少觉得自己感冒了。

他失眠、头痛、食欲不振，还有点呼吸困难。

勒大少埋首在林母给他准备的被窝中，心里悲伤逆流成河。

08 ///

林乂安带着晏秋回来了。

她得到勒大少已经睡了的消息。

林乂安看了看时间，才九点一刻，她觉得有点不对劲。

林乂安进房间把勒大少的脑袋从被窝里挖了出来。

勒大少按着胀痛的脑袋，可怜兮兮地看着她。

他觉得他现在的脑袋不是脑袋，更像是一堆膨化食品被放在了真空袋里，濒临爆炸的边缘。

林乂安摸了摸他的脑袋，好像没发烧。

林乂安：“起来。”

勒大少：“啊？”

林乂安：“带你去看医生。”

勒大少往被子里缩了缩：“你不用管我。”

果然不对劲。

勒大少从来只有“你快搭理我”，而没有“你别管我”的时候。

林乂安威胁他：“你自己起来，还是我连被子一起把你打包带走？”

林乂安比画了下：“像你这样的，我可以扛着跑五千米（骗人的）。”

勒大少想了想，灰溜溜地从被窝里爬了出来。

09 ///

林乂安带着勒大少去看了急诊。

医生：“没事，有点高原反应。”

勒大少难以置信道：“高原反应？”

林乂安也难以置信：“在大理得高原反应？”

勒大少：“我世界各地都去过，从来没有得过高原反应。”

林乂安：“你去过哪儿？”

勒大少：“纽约时代广场、日本秋叶原，还有……”

林乂安：“等等，你就没去过海拔两千米以上的地方？”

林乂安：“比如，日本富士山、阿尔卑斯山什么的？”

勒大少沉思：“呃……我大部分的时间是在酒店打游戏，所以不太清楚。”

喂！那你出国到底是为了什么？

回程的路上，林父忧心忡忡地说：“这小伙子的身体真的有点弱啊，感觉会影响后代。”

林乂安：哈？后代？

林乂安：爸，您想太远了！

10 ///

第二天，吃过药痊愈的勒大少跟林乂安和晏秋一起逛街。

林乂安："这里苍山在前，洱海在后，中间为城。"

林乂安："我们村就在洱海边，特别是姐姐家，一出门没走几步路就是海，所以我们仨差不多是在洱海里泡着长大的。"

林乂安指着洱海的方向。

林乂安："海里还有两棵歪脖子树，交颈成心形，是我们小时候的秘密基地。"

晏秋认真地听着，温柔地微笑。

勒大少：胸口好闷，我觉得我的高原反应又犯了。

勒大少觉得还是买买买比较开心。

旁边的商家热情地招呼："阿鹏，买茶吗？上好的普洱。"

勒大少："你认错人了。"

晏秋："阿鹏是帅哥的意思。"

勒大少："哦……那没认错。"

勒大少看着用中国结装饰起来的茶饼。

他想，既然出来旅游一趟，本地特产还是要带点回去意思意思的。

勒大少："店家，我是本地人，算我便宜点。"

勒大少心想，他迟早是本村的女婿，这么说也没错。

商家嘴角抽搐了下：他也是第一次见说着普通话，还敢号称自己是本地人的人。

商家："（白族话）……"

勒大少蒙了。

晏秋："（白族话）……"

商家蒙了。

商家被晏秋流利的本地话镇住了，最后给他们打了折。

勒大少："你竟然会白族话？"

晏秋淡然："毕竟是她的语言。"

林乂安听到这一句，看向晏秋羞涩（并没有）一笑。

勒大少的内心危机四伏：他俩果然互通了心意！

勒大少蔫了吧唧地回来了。

林父看着他直摇头：昨天高原反应，今天才逛了几步街就这个状态，这年轻人的体质真不行。

11 ///

傍晚，晏秋又来到了那间空荡荡的屋子。

他抚过桌上的尘埃。

她的语言、她的亲友、她的家……只是没有她。

对晏秋来讲，他很少会有想要的东西。

小提琴是阿昊要他一起学的。

哲学是父亲的研究方向。

只有她……

他想起他拿着“A音”钢琴系的新生名单，一个个地对过去。

他想起他跟傻瓜一样探明她上课的路线，然后蹲点和她“偶遇”。

所以很长一段时间里，林夏以为他也是音乐学院的新生，而不是隔壁A大哲学系的才子。

林夏：“太可惜了。”

晏秋：“嗯？”

林夏：“你这么好的资质去研究什么哲学呢……”

晏秋失笑。

12 ///

林乂安看着外面已经黑下来的天，想着说要饭后散散步的男神怎么还不回来。

她打了个电话，没人接。

咦？难道又跑去姐姐家伤感了？

林乂安决定跑一趟，去把晏秋接回来。

勒大少："我也去。"

林乂安："你身体不舒服，就在家好好休息吧。"

勒大少想：我放你一个人去找阿秋，我才更不舒服。

他坚持："阿秋是我兄弟，我怎么能把他一个人丢在外面。"

林乂安觉得自己要是再拒绝，自己就是那划出银河的王母、射出铅箭的丘比特。

林乂安："好好好，去去去。"

13 ///

林乂安带勒大少赶到姐姐家。

黑灯瞎火，万籁俱寂。

林夏那间荒废了好几年的老屋显得尤为阴森。

勒大少抱着林乂安的胳膊："你确定这里不是鬼屋？"

林乂安瞪了他一眼，慢慢开口："这里是姐姐家。"

勒大少："姐姐？"哦，他想起来了，林木口中的食物链顶端的人。

勒大少："姐姐家里怎么没……人……"他不知道自己说错了什么话，在林乂安的目光下声音越来越小。

勒大少突然又想起了漫画里的圣女失踪事件。

他自觉地闭了嘴。

晏秋站在供桌前。

勒大少借着月光看清了屋内的情形。

勒大少："阿秋你怎么不开灯呢？"

林乂安："这里断电了。"

勒大少："不是有蜡烛吗？昨天还看见点了呢……"勒大少自觉失言，又闭了嘴。

林乂安：“昨天？你昨天什么时候看见的？”

勒大少自暴自弃地嘀咕：“就是在你俩抱着哭的时候。”

林乂安觉得要帮男神澄清：“是我靠着你家阿秋哭，你家阿秋才没哭。”

勒大少继续嘀咕：“反正抱也抱了，哭也哭了，有啥区别。”

晏秋默不作声。

林乂安也不再搭理他。

勒大少自觉没趣。

他觉得这间屋子里，就像只有他一个是外人。

那种被排斥感，让他隐隐有些不适。

勒大少决定活跃下气氛：“所以阿秋你跟姐姐是什么关系？”

晏秋：“没什么关系。”

勒大少觉得轻松了点。

晏秋：“还没来得及有什么关系。”

勒大少感觉出来了，阿秋在刺他。

还没来得及？

勒大少想起晏秋把自己关在房间里，反复听《猫和老鼠》的时候说的那句“还没来得及追”。

他瞬间明白了什么。

难道阿秋那位传说中其实“还没来得及追”的“前女友”就是林小安的姐姐？

勒大少：怪不得阿秋对林小安这么好！

勒大少惊泣：果然是替身梗！

勒大少将林乂安拉到一边。

勒大少：“原来你们早就认识。”

林乂安：“呃……”如果晏秋对她单方面认识也算的话……

勒大少十分委屈：“原来你们有这层关系，却瞒我到现在。”

林乂安：哪层关系？不要说得这么暧昧！

林乂安觉得不能因为自己而影响了他们俩二十几年的感情。

林乂安解释：“我跟你家阿秋没什么深层关系。”

勒大少：“他都差点成你姐夫了，还没深层关系？”

林乂安：“可这又算什么深层关系？”

勒大少：“你看，灰原哀和冲矢昴、露琪亚和白哉、约修亚和莱维……”

勒大少：“被姐姐临终托孤，照顾着就照顾出感情来了嘛。”

呃……是吗？

不对，最后那一对是兄弟吧！

晏秋在一边开口，声音冰冷：“她还没临终，我也没被托孤。”

一个声音出现在门口：“谁临终托孤？”

14 ///

夜色里，白衣长发，伴随着“咕噜噜”的声响。

勒大少瞬间毛骨悚然了一下。

他回头去看林乂安和晏秋，发现这俩突然定住了。

他小声问：“喂，这女鬼你们认识？”

对勒大少的胡话，此时的林乂安并没有心情去说他，她愣愣地望着不远处的人，想开口，却发现嗓子发堵。

“女鬼”顺手按下电灯开关，“啪嗒”一声，却什么都没发生。

“女鬼”：“啊，断了。”

“咕噜咕噜”，声音再次响起。

勒大少往林乂安的身后躲了躲。

曾经听到过的各种鬼故事在他脑海里不可控制地此起彼伏。

“女鬼”“扑哧”地轻笑了一下。然后她说：“小安，你让你身后的那个别躲了，我又不吃人。”

勒大少没有动，动的反而是从听到那句“谁临终托孤”开始就脸色沉寂的晏秋。

他像是再也忍耐不住，一声不吭地走出了屋子。

林乂安的脑子终于开始转动了，但喉咙依然发紧，最后，她只委屈哽咽地唤出了一声："姐姐……"

勒大少的脑子一片空白，他跟着机械地喊了声："姐姐……"

林夏："哎，乖。"

有什么东西，终于决堤了。林乂安冲上去，死死抱住了林夏。

她从来没想过姐姐会跟个没事人一样，突然就自己回来了。

她风尘仆仆地拖着不大的行李箱，跟三年前一样，几乎都看不出什么变化。

三年的失联对她来说，竟然云淡风轻得好像只是出去过了个国庆长假。

林乂安低声啜泣着，再也说不出一句话来。

幸好，幸好，真好……她只是不停地想着。

15 ///

林夏的归来如同在村里投下了一枚炸弹。

村里的人大多沾亲带故，林夏又是吃百家饭长大的。

于是大家围着林夏又哭又笑。

哭笑过后，村里的每个人都喜气洋洋的。

连远在帝都的林木得知姐姐回来的消息后，也激动得要买机票回来。

林夏表示，她年后就回帝都了，又不用赶着来见最后一面。

于是她降下懿旨：免了。

这才把林木按了回去。

林夏家的房子需要好好打扫一番才能入住。所以这晚，林夏住在了林乂安家里。

林乂安陪着姐姐送走了最后一批邻里后，红着眼睛看了一眼一直默默站在她身后的勒大少。

林乂安："你怎么也这副样子……"

勒大少："你姐姐就是我姐姐嘛。"

第十四章

双重约会

01 ///

这天，最晚回来的是晏秋。

他像是终于独自收拾好了所有情绪。

偏房的灯有点昏黄。

林夏一手撑着下颌坐在桌前，她面容姣好，眼瞳的颜色很淡，有一种异域风情的韵味，不过一路奔波回来，难免疲惫，但她依然面带笑容，眼神专注地看着林乂安，听她讲这三年来家乡发生的一些事情。

林乂安讲着讲着，眼睛又泛红了。

她的姐姐终于回来了，对着她微笑，那么生动，就像从没离开过一般。

林夏伸手摸摸她的发心："好好的，又怎么了？"

进门的晏秋有一瞬间的恍惚感。

就好像一颗心不小心落到战区被碾磨光所有生气的……是他一样。

只是他。

林夏转头发现了他，愣神下笑容僵了僵。

就像他出现得十分不合时宜。

晏秋觉得被他压下的那些情绪又有点翻腾上来了。

晏秋："手机？"

林夏："呃……丢了。"

晏秋："电话？"

林夏："没背出号码……"

晏秋："E-mail？"

林夏心虚："你也知道我去的地方比较乱……后来我们撤去的地方又有点与世隔绝……"

林夏突然恢复自信："不过我寄过信回来！"

晏秋看向林乂安。

林乂安无辜地摇头。

林夏："不会吧？我基本过一段时间就会寄一封回来，一封都没收到？"

林乂安继续摇头。

晏秋："过一段时间是多久？"

林夏："一年还是两年来着？我日子过得有点忘了。"

晏秋："之后的打算？"

林夏："学位肯定是不保了，再看吧。"

晏秋："还回帝都吗？"

林夏看着他叹气："你现在有必要像审犯人一样审我吗？"

晏秋愣了愣。

他移开视线，低声道："也是，我有什么资格？"

晏秋径直往门口走去，经过她的身边时，抛给她一串钥匙。

晏秋："你在帝都租的房子，你要是不住了，自己去退房。"

林夏愣怔住。

林乂安催促："姐姐你发什么愣？还不去追？"

林夏："我在想我租的房子到底在哪里来着……"

林乂安扶额，好想替晏秋叹一句：人间不值得。

02 ///

林夏叹了一口气。

她似乎有些烦扰，又有些无可奈何："我以为……他早该忘记我了。"

她终究还是追了出去。

晏秋就站在滩涂上，望着眼前一望无际的水面。

孤独，林夏想。

这个人应该在舞台上众星捧月，发光发亮，而不该在这里孤独得像个一无所有的失意者。

晏秋察觉到有人来，回头看见是她。

“对不起。”他垂眸，率先开口。

林夏：“我真不是故意不联系你们的……”

林夏：“我……”

晏秋打断了她，轻声问：“我能……抱一下你吗？”

林夏愣了下，然后点了点头。

她被晏秋紧紧揽入怀中，紧到她能察觉他紊乱的呼吸，还有不由自主的颤抖。

晏秋哑了声音：“不用解释，回来就好。”

03 ///

林乂安等得心焦。

然后她就看见男神和姐姐像两个没事人一样回来了。

为什么她有种白担心的感觉?

林乂安：“呃……男……”她总不能当着姐姐的面叫“男神”。

林乂安：“呃……姐……”她也不好叫姐夫。

林乂安：“呃……晏秋，你晚饭吃过了吗？”

晏秋像是筋疲力尽随意“嗯”了一声，回了自己的房间。

林乂安：果然还是得担心……

林夏目送他进屋后，又盯着看了好久。

林乂安：“姐姐？”

林夏叹了一口气：“不好好吃饭的小朋友会长不高哦。”

林乂安："嗯？"

林夏神情一转："既然这样，我们去替他吃吧，反正这个点也正好吃夜宵。"

林乂安："哈？"

林夏："你那小男朋友呢？把他也叫上。"

林乂安："啊？"

林夏："哦，也不小了，那就大男朋友吧。"

林乂安：他不是我男朋友！

04 ///

勒大少揉着眼睛从被窝里被挖了起来。

他们一行三人坐在一个小吃摊前。

大家都选择避讳一些沉重话题，瞎扯点轻松的日常。

林夏一脸兴味："所以你就租了他的公寓？"

林乂安："对呀，这位大少爷竟然因为生活不能自理被赶出家门也挺神奇了。"

林夏："有多不能自理？"

林乂安比画了下："刚见他的时候他生活技能点大概等于零，目前约等于五。"

林乂安："对了满分是一百。"

林夏摇着头投去审视的目光："这可不行。"

勒大少表示不服："阿秋可比我早被踢出家门，你们怎么不嫌弃他？"

林乂安一脸疑惑："阿秋被踢出家门？"

勒大少："不然你以为他怎么会跟我一样过年都不回父母家？"

勒大少哼哼："你没发现这半年他除了工作就是回公寓吗？"

林乂安仔细想了想，好像确实是。

林夏眸光闪了闪。

她把一丝异样的情绪压在了调笑里。

林夏："晏秋为什么会被踢出家门？"

林夏笑道："怎么看晏秋都是打小被孩子们深恶痛绝的那个'别人家小孩'吧？"

林夏："这种人都要被踢出家门，那全世界得有多少人流离失所？"

勒大少："啊？不就他大学毕业却拒绝保研然后非要出国嘛。"

四周蓦地静了静。

林乂安低头吃着烤串，暗中期待着姐姐的追问。

然而林夏什么也没说，任勒大少又扯到了其他的话题上。

林乂安：嘤嘤嘤，姐姐，你倒是对男神好点呀。

05 ///

第二天，晏秋一早就起了。

他昨晚睡得并不好。

人没回来前，他尚且能一夜无梦，人回来后，他反而患得患失、噩梦连连。

他觉得自己有点可笑。

他来到餐厅，发现林夏已经坐在桌前了。

"饿了吗？"她笑，"挑了几样你爱吃的，不知道你的口味变没变。"

晏秋有些受宠若惊："你……"

林夏叹气："毕竟我还欠着你三年房租钱呢，怎么也得殷勤点。"

林夏："我现在可是身无分文，连回国的机票钱都是同伴给凑的。"

晏秋眼中的温情脉脉骤然消散。

晏秋瞟了她一眼："不如你卖身抵债。"

林夏有些震惊，看着晏秋就像看见了天使堕天的幻象。

经过的林乂安：我麻溜地滚……

06 ///

林乂安在稿纸上打着一些凌乱的漫画分镜：

她知道下一节故事可以画什么了……

晏秋经过，随手拿起来看了看。

她正画到林夏突然出现，四周的人惊愕、惊吓、惊喜……

而草稿中代表晏秋的小人旁着重标注着各种“吐血”“一口血呕在胸中”“气笑”。

晏秋若有所思地看向林乂安。

林乂安心虚：“呃……不对吗？”

晏秋淡漠道：“很传神。”

林乂安：“那我……能不能问一下后来怎么样了？”

林乂安意有所指地指着林夏追出去的那格。

晏秋：“你猜。”

林乂安：男神你变了。

07 ///

林乂安把家里的手绘板翻了出来，连上了笔记本。

反正闲着也是闲着，她把之前画了一半的第十二章补完了，更新了上去。

“公子”的身份呼之欲出。

双公子党终于迎来了最大的敌手——晏秋毒唯。

晏秋毒唯：“公子”不会就是晏秋吧？拒绝双公子！拒绝拉郎！

双公子党：你们别忙着找我们开战，作者明显想拉的是晏秋和林夏！

晏秋毒唯：拉谁都不行！@说好的我是主角呢 作者出来！这门亲事我不同意！

秋夏CP党：我同意！

过了一会儿，林乂安发现那条秋夏CP党的评论下多了一个回复：

钟情怕到相思路：配得挺好。

林乂安：正主亲自下场！

08 ///

勒大少看向前面作为东道主、领着他们逛街的林夏，还有林夏身边默不作声跟着的晏秋。

这画面颇有他之前想要的double date的调调。

他感叹，果然解决情敌的最好方法是给他找个女朋友。

勒大少抬头：一定是上天听到了他的呼唤。

09 ///

林夏回归后，林乂安终于可以找故事的另一个当事人取材了。

林乂安："姐姐，你们是怎么认识的？"

林夏："比赛认识的啊，我不是还回来跟你形容他的手有多漂亮吗？"

林乂安："哦，果然不是西餐厅。"

林夏："什么西餐厅？"

林乂安："没什么……"

林乂安："姐姐，你记不记得你在一家西餐厅弹过钢琴？"

林夏："你姐姐我勤工俭学，在很多地方弹过钢琴。"

林乂安："就二马路那边，那家蓝色的小洋房……"

林夏努力回忆……

林乂安："在你来帝都参加那次比赛前……"

林夏："我想起来了。"

林乂安拿着小本本期待着答案。

林夏："那家真是又难吃又贵，我把身上的钱掏空了都不够结账。"

林乂安："呃……"

林夏："然后我看见他家在招钢琴演奏者，于是我就跟餐厅经理交涉了下，弹够时长后就走人了。”

林乂安：所以，姐姐你是没带够钱卖艺抵债?

林乂安：姐姐不愧是姐姐。

林乂安决定，还是不要把这个真相告诉几乎每个月去那儿吃一次饭的男神了。

林乂安：“后来你们是怎么再次遇到的？”

林夏：“他在我们学校闲逛。”

林乂安：那是守株待兔。

林夏：“我以为他跟我一样是新生，就过去打了个招呼。”

林乂安：兔子直接撞树了。

别说了，姐姐你个颜控，肯定是看他好看才走过去的。

10 ///

晏秋跟勒大少端着饮料过来。

林夏自然地接过，是她喜欢的梅子水。

晏秋手里还有两顶草帽，在林夏和林乂安的头上各按了一顶。

晏秋：“有点晒。”

作为添头的林乂安觉得眼前更闪了。

勒大少吸着自己的那份梅子水，皱鼻：“好酸啊。”

勒大少：“我就说那个乳扇茶看起来比较好喝。”

勒大少：“为什么她们有草帽，我没有？”

林乂安：你难道不是跟男神一起去的？你不可以自己买?

勒大少：“阿秋，你最近是不是变大方了？以前都没见过你请客。”

林乂安看向勒大少：你今天是在找碴儿？怎么意见这么多?

林乂安提醒他：“上次在苏州，晏秋不就请了饮料？”

勒大少顿了顿：“你怎么记得这么牢？”

林乂安：废话！我那时候午夜梦回都在后悔当时去买饮料的为什么不是你？让你对我妈胡说八道！

勒大少再接再厉："我记得以前我们跟阿榎他们出去，阿秋从来不会请客。"

林乂安：你有必要这个时候在我姐姐面前翻男神的旧账吗？而且你们一群"壕"，让他请客像话吗？

林夏笑道："那你们一定得罪过他。"

林夏："他在没有特别喜恶的情况下，都挺照顾同行人的。"

林乂安想了想"土豪团"，觉得没得罪过才怪。

勒大少表示不服："我怎么会得罪阿秋呢。"

勒大少："阿秋，我什么时候得罪过你？"

晏秋："刚刚。"

勒大少："哈？"

11 ///

这时，一辆小电驴风骚地走着Z字形向他们冲来。

晏秋一伸手，猛地将林夏护在了身后。

勒大少深受启发。

他也向前半步一侧身……

结果他突然感到颈后有一股大力传来。

林乂安拎着他的后领把他狠狠拽了回来："喂！看车！"

小电驴跟勒大少擦身而过。

勒大少摸着脖子："咯咯咯。"

晏秋回头问林夏："没事？"

林夏微笑："你呢？"

两人一眼万年，仿若可以看到天荒地老。

勒大少："咯咯咯……"你们倒是回个头，有事的明明是我。

林乂安：啧啧啧，这恋爱的酸臭味，你们都这样了，为什么"还不是女友"？

12 ///

林夏盯着路边的小吃眼睛发亮。

一碗小吃瞬间端到了她的面前。

林夏叹息。

晏秋："怎么了？"

林夏："等回到帝都就又吃不到了。"

晏秋："我做给你吃。"

林夏："真的？"

勒大少嘀咕："阿秋什么时候会的白族菜？他不是只擅长西餐吗……"

勒大少偷偷瞟向林乂安，想有样学样地看她的目光停留在哪样小吃上。

然后他绝望地发现，这街上的小吃就没有一道他会做的！

林乂安顺着勒大少的目光看到了油炸豌豆粉。

林乂安："想吃？"

勒大少："我不会做……"

林乂安有点惊讶，勒大少不是"只喜欢贵的"的那类味觉白痴吗？竟然喜欢路边小吃喜欢到想自己动手做的地步？

林乂安安慰他："没事，我会。"

勒大少心里蓦然甜了一下，接着又陷入了更深的绝望当中。

想想阿秋，上得厅堂，下得厨房，外出还能来个英雄救美。

而他，厨房是林小安的，英雄救美也是林小安的，自己到底还有什么存在的价值？

13 ///

勒大少觉得他郁闷、堵心，他高原反应又要犯了。

明明这次上门见家长的是他，为什么他反而在这里被阿秋塞了满嘴"狗粮"？

林乂安拍了拍落在后面心情沮丧的勒大少。

林乂安："好了，我懂你的心情。"

勒大少一脸委屈。

林义安："我知道，你现在有种好朋友被抢走的失落感。"

勒大少："咦？不是……"

林义安："上次在苏州我就发现了，当时你看见你家阿秋对我亲近了一点，就产生了小情绪。"

勒大少："我不是……"

林义安劝慰道："但再要好的朋友，以后也要有各自的家庭。你不能老缠着晏秋不放。"

勒大少："我没有……"

林义安："就像我，总有一天也会跟你分道扬镳，结束短暂的租房生活。"

勒大少惊恐：No！！！

林义安之后说了什么，勒大少一个字也没听进去。

勒大少满脑子都是林小安要跟他解除房客和房东的关系。

午夜梦回，勒大少突然一个鲤鱼打挺醒了过来。

说到底，还是因为那房子他目前只有一年的使用期嘛。

14 ///

第二天，勒大少问林义安："那间公寓要是不会被收回，你是不是愿意跟我一直住下去？"

林义安："当然……"这样的房子、这样的租金，谁不想？

勒大少霎时觉得神清气爽。

他开心地向她保证："林小安，我一定会把'厅堂'买下来的。"

林义安："哦，好……"

嗯？她刚刚是不是答应了什么不太对的事情？

15 ///

温暖如春的大理在春节前终于进入了“冬季”。

林夏家虽然之后通了水电，但为了热闹方便，林乂安还是把林夏留在了自己家。

于是，林乂安一大早就看见高冷的男神抖开了一件羽绒服，示意姐姐过去穿上。

林夏抗争了一下，最终还是妥协了乖乖换上。

路上。

林夏叹气：“你说晏秋是不是适合去当幼儿园老师？那样可以有一堆小孩让他去体贴入微地照顾。”

林乂安：姐姐，男神才不屑于去照顾别人，他就想照顾你！

林夏：“他确实很适合带小孩吧，我就不行。”她语气淡淡的，就像在谈论一个与她的人生不会有交集的路人。

林乂安突然觉得晏秋有点可怜。

身为作者，被自己拉郎的CP虐到算是怎么回事？

心里有鬼的林乂安觉得自己有必要转移下话题，不对……是为自己的CP事业做出点贡献。

林乂安开口：“姐姐，其实我最近连载了一部漫画。”

林夏立马来了兴致：“哦？”

林乂安拿出手机点开了第一章：“讲的是三位公子的故事。”

多金公子金光闪闪，多情公子鲜花环绕，而公子清清冷冷只伴了一缕青烟。

林夏一下就指向公子：“我喜欢这个。”

林乂安内心泪流满面：姐姐，你看你就喜欢这款，然而你身边这么一个大活人，你咋就无动于衷呢？

林夏：“怎么就他没备注名字？”

林乂安：“因为境界高。”

林夏一脸问号。

林乂安解释：“江湖上有个合德庄，断江湖是非，管世间不平。合德庄的灵魂人物就是他。所以何为道义？他便是道义。何为真理？他便是真理。世间人不知其姓名，便尊他一声‘公子’。这设定怎么样？”

林夏点头，对这高冷的人设表示很满意。

林乂安继续介绍：“故事一开始是一艘画舫被劫，劫匪来自南蛮某族。”

林夏：“那跟我们是同乡。”

林乂安咳了一声：“对。”

林乂安：“他们想以此逼迫神隐的公子露面，因为他们的圣女最后的消息和公子有关。”

林夏恍然大悟：“哦，难道说这俩人以前有一腿？”

林乂安看向林夏：姐姐，你这觉悟……

林夏：“不对？”

林乂安：“呃，也对。”

林夏回忆起来，笑道：“说起来，我从小就幻想自己是魔族妖女，然后绑一个清贵公子回来当压寨相公。”

林夏眸中闪亮：“所以一定要让他们HE（好结局）啊！”

林乂安很想跟林夏执手相看泪眼：姐姐，我也很想啊！所以你要不就从了吧！

林乂安正打算开口再说些什么，结果手机突然一阵狂响。

林乂安手忙脚乱地接起，林母的怒吼从手机里传来：“叫你们买个酱油，你们买到天边去了？菜还等着下锅呢！”

林乂安：“是是是，我们马上回去。”

第十五章

满嘴“狗粮”

01 ///

勒大少溜达进厨房：“好慢呀，阿秋，林小安她们怎么还不回来？不是说超市就在街口吗？”

晏秋在帮去打电话的林母处理食材。

晏秋刀速极快地把手中的冬笋切成了丝。

他洗了洗手：“这么久都等了，不差现在这么一会儿。”

晏秋说得意味不明，勒大少却听懂了他指的是什么。

勒大少显得忧心忡忡：“阿秋，她好不容易回来了，你就不怕她再一次离开？”

晏秋也答得认真：“离开了就再追回来。她若还想自由，我再等就是了。”

晏秋不紧不慢地把下一份食材放到砧板上：“把她身边的位置占了，她最后总归是我的。”一刀落下。

勒大少豁然开朗（误）：好，等他把房子买下来，就把林小安的名字添上！真不行，他们就合住个十年、二十年，总有一天林小安也会是他的！

02 ///

林乂安跟林夏拎着购物袋走回家。

林乂安踌躇了一路，最后还是鼓起勇气：“姐姐，其实我漫画里的主要人物都是有现实原型的。”

林夏：“哦？也有我？”

林乂安：“有。”

林夏：“哪个？”

林乂安：“你从小幻想的那个。”

林夏：“跟公子有一腿的南蛮圣女？”

林乂安：“对。”

林夏显得兴高采烈：“那一定要让我把公子绑回去啊！”

林乂安神色复杂地望着她。

林乂安：那你倒是动手绑啊！我保证公子洗得香香的，把自己送到你的寨子里。

林乂安：“姐姐，其实你想绑回山寨的清贵公子，你身边不就有一个？”

林夏：“哎？”

林乂安：“公子的原型就是晏秋。”

林夏有点困扰：“晏秋啊，这太熟了，不好下手啊。”

林乂安差点平地摔倒：说到最后，是这个理由吗？

林乂安：“那姐姐你对晏秋就没有啥感觉？”

林夏：“什么感觉？”

林乂安：“比如……喜欢？”

林夏：“是挺喜欢的。”

林乂安：“你明明喜欢他，他也喜欢你，为什么没想过要在一起？！”

林夏迟疑地看着林乂安：“但我也挺喜欢你的……”

林乂安：“晏秋不一样，他是男的。”

林夏：“那林木也是男的……”

林乂安：“姐姐，不管你对晏秋是哪种喜欢，但晏秋对你，肯定是想把你绑回山寨当压寨夫人的那种喜欢。”

林夏怔了怔。

然后她百转千回地“哦”了一声：“简而言之，就是……我把他当知音，他却想睡我？”

喀喀喀……姐姐，你从哪里学来的话？

此时的两人跨入门后，一个抬头，跟端着菜出来的晏秋面面相觑。

林乂安尴尬地打了个哈哈：“呃，今天的天气不错，是吧姐姐？”

晏秋把菜搁在桌子上，然后走过来，接过林夏手里的购物袋，说了个：“是。”

是？是什么是？天气不错？

还是……

林乂安突然觉得自己悟到了什么。

她一脸震惊：难道是“我把他当知音，他却想睡我”的“是”？

林乂安回头看向林夏，却发现她一脸的若有所思。

林夏察觉到她的目光，回头看了一眼阴冷的天色，笑道：“天气是不错。”

姐姐，骗鬼呢你！

别装傻了！果然你也想到了吧？

03 ///

大年三十，林乂安和林夏在洱海边放烟花。

勒大少裹在羽绒服里，捂着耳朵，仰头看着夜空里烂漫的烟花。

晏秋看着林夏，唇畔浮起一抹微笑。

04 ///

林木一个人在家煮了一锅泡面。

他哀叹了一声，“刺溜”吸了一筷子面。

05 ///

勒母做了一大桌子菜。

然后她坐在桌前有些发呆。

手机里是一条勒大少发来的新年祝福，还配了一张漫天烟花的照片。

她越想越心酸，眼眶一红，立马抄起手机就一个电话打了过去。

勒母："把我儿子赶出门，自己过年也不回来，告诉你，我哭给你看！"

勒父："哎哟，我的姑奶奶，我过两天不就回去了嘛。"

勒父："我们生意人讲究一言九鼎，说了让他出去独立一年，就要一年。"

勒父："阿涧一直在向我汇报孩子的近况，现在出息了，都会自己动手做菜了（凉拌的）。"

勒父："你看，你老公我是不是很英明神武？"

勒母又气又笑："滚。"

06 ///

过完年，勒父出差回来，下了飞机。

他跟下属边走边聊，然后想起了他家里的"姑奶奶"。

在勒父的概念里，没有什么是比买买买更好的哄人方法了。

于是他表示："我去一下商店。"

然后他提着包包，正要迈入店门，就看见一个空中抛物砸到了他的脚边。

他下意识地瞅了一眼：还是个人？！

哎哟，我的心脏。

勒父还没腾出手来摸药，就见一个小姑娘几个箭步上来，一脚踩住了地上的那个男青年。

快、准、狠，看得勒父的眼角无意间抽动了一下。

他退后一步，再退后一步，隐入了围观的人群。

地上的男青年还在挣扎乱叫："你背着我找别的男人，还反过来打我？"

围观群众议论纷纷，还有打算上前拉架的。

只见小姑娘眼神一寒，一个手刀下去，直接劈向男青年。

群众倒抽一口凉气。

小姑娘环视了一周。

群众给她让出了一条道。

勒父将一颗药含在了嘴里，然后探头一看，只见那男子头一歪，就此没了动静。

勒父的心怦怦跳：天哪！杀人了！

07 ///

勒大少显得很兴奋：“后来呢？我就说你怎么突然跑了。”

林乂安无奈：“本来我还不确定，就觉得他身上有股汽油味，结果我看了他一眼，他就开始跑，我当然得先追了再说。”

林乂安：“反正我把他劈晕后报了警，公安把他带走了。我协助调查做了份笔录。既然我没什么事，那有事的肯定是他了。”

林乂安：“到底怎么回事，估计还要等新闻。”

林夏叹了一口气。

炮火、爆炸，还有大人和孩子的哭喊，她的一半心神像被什么东西拉扯着，要把她摁回那片废墟里。

世界上就是有人活在和平环境下而不知足，想要破坏、毁灭，将别人也拖入地狱的深渊。

晏秋给她把围巾重新围上，将她的半张脸埋入围巾中：“没事的，你已经回来了。”

林夏眸光动了动，那些莫名的空虚和恐惧散去。

她轻轻笑了笑：“嗯。”

08 ///

勒父心有余悸地回到家中。

勒父：“今天看见一个女孩子好凶残，出轨被男朋友抓包，反过来却差点把那男的揍死。”

勒母：“少瞎说了，那男的就这么没用，任她揍啊？”

勒父点头：“就是任她揍，一点还手之力都没有。”

勒母：“哼，我是不信。”

勒父：“真的，那男的就口吐白沫地倒在我的脚边。”

勒父绘声绘色、添油加醋地极力辩解。

勒母：“好啦，又不是我们儿子的女朋友，管人家那么多干什么？”

勒父：“也是。”

09 ///

林乂安打开笔记本电脑，准备继续画第十三章。

这一章是“多情公子绑架案”这一节的收尾，她有些拿捏不好，总觉得不管怎么画都留有遗憾。

她放下画笔，随手刷了一下工作邮箱。

然后她发现收到了一封奇怪的邮件，来自一个地址像是注册时脸滚键盘滚出来的邮箱。

她还以为又是一封广告邮件，差点手一抖就删了，但邮件的主题阻止了她。

它命名得非常简略，只有三个字：致苏苏。

林乂安忍不住点开看了一下。

来信不长，她看完后却很长时间没有动作。

然后她点了“转发”，转发完，又给苏芙去了个电话。

电话接通，那边传来苏芙温柔带笑的声音：“怎么了？”

林乂安还有点愣神：“苏苏，你看一下邮件……她给你道歉了。”

10 ///

林乂安承认，她开始画这个故事就是夹带私货，抱着一种打抱不平的心态。

她没想到这事能在现实中得到一个收尾。

她突然生出了一个想法。

她抱着不确定的心态给那个乱码一样的邮箱地址回了一封邮件。

很快，对方迅速回了一封过来，快得就像一直等在电脑前一样。

那封邮件更短，只有两个字：可以。

她知道多情公子的这个故事该怎么收尾了。

林乂安把重新绘制了分镜的第十三章更新了上去。

苏芙的粉丝炸了起来：大大！不要洗白那个女人。

林乂安回复了一条：并没有洗白。

苏芙粉丝：难不成……对方真道歉了？

林乂安：是。

苏芙粉丝：哇！

苏芙粉丝：哇！

苏芙粉丝：哇！

看着不停排队增加的“哇”，林乂安也感觉到了一种“圆满”。

11 ///

晏秋带林夏回了她之前在帝都租的屋子，帮她把行李放好。

林夏感叹：“你对这里还真熟。”

晏秋顿了顿，语气平静坦荡：“嗯，我还在这里留宿过，之后你记得换你的床单和被套。”

林夏抱着被子，放也不是，继续抱着也不是。

晏秋的脸皮是不是变厚了？

以前他才不会有这种“进攻”行为。

林乂安曾大着胆子问她：“姐姐，你不接受人家，又这么吊着人家，是不是……有点渣？”

林夏整理了下心绪，艰难地开口：“其实我……那个……只想和你做朋友。”

晏秋这次连顿都没顿：“嗯，我知道。”

晏秋：“我走了，明天开始巡演，一个月后回来。”

晏秋：“所以……可以再给我一个告别的拥抱吗？”

林夏愣愣地点了点头。

这发展是不是有点不对劲？

晏秋轻轻地拥住了她，像拥着什么珍宝，留恋不去。

林夏：“你……就是这么对待朋友的？”

晏秋依旧十分干脆：“对。”

林夏在终于只剩她一人的出租屋里又愣愣地坐了一会儿。

然后她放弃似的一闭眼，往后倒在了榻榻米上，忐忑不安、揣测不定、心绪不宁……

原先只做朋友是多么轻松自在。

烦扰。

人类为什么要谈恋爱呢？

12 ///

后来提起这事。

林夏吐槽：“我问他就是这么对待朋友的吗，他还回了个‘对’。”

林夏：“我真信了他的邪。”

晏秋坦然自若：“我本来也没什么朋友。”

林乂安下意识地去看勒大少。

勒大少：“啊？”

勒大少：“哦，我是阿秋的发小儿嘛，发小儿肯定跟朋友不一样啊。”

你曾经说过阿秋没什么朋友，只有你这一个的呢？

你就这么自觉地开除了自己的“朋友籍”？

林乂安看到勒大少一脸的“我真是个小机灵鬼”。

好吧，你这也算是为朋友插自己两刀了。

13 ///

林夏以为晏秋去巡演的那一个月，她可以安安静静地不再去想这些事。

她补办了证件和银行卡，拜访了大学时的导师，报了下平安。

看到得意门生能回来，导师非常高兴，顺手就在自己当音乐总监的乐团里给她安排了个工作。

林夏还有些忐忑，毕竟自己几乎三年没摸过钢琴了，也不知道能不能胜任。

晏秋知道后让勒大少把自家的备用门卡给了她，只留了一句话：家里有钢琴。

林夏拿着门卡，总觉得有些心浮气躁的怪异感：“这……不太好意思吧？”

勒大少觉得自己总不能这点任务都完不成。

勒大少指着林木：“他都没不好意思了，姐姐你有什么不好意思的？”

蹭吃蹭住了几个月的林木：“……对。”

林夏发现自己之前真是太天真了。

什么一个月的安安静静！

她现在摸到门卡就想起晏秋，摸到钢琴也想起晏秋，连看见林木都想起晏秋……

林木突然觉得姐姐看向他的目光里有杀气。

14 ///

林夏去乐团报到的第一天。

晏秋掐着午休时间打来了一个视频电话。

林夏接起，被视频里的绝美容颜shock（震惊）到了。

晏秋的问候很日常：

“吃了吗？”

“累不累？”

“同事还好吗？”

林夏随意答了几句，就听到背后一声短促的尖叫。

林夏回头，发现是乐团里面的一个小提琴手妹子。

林夏：“怎么了？”

小提琴手妹子死死地盯着视频的界面：“那……是晏男……晏秋老师吗？”

晏秋有礼地朝她点了点头，向她问候了声“你好”。

妹子又看向林夏：“你……就是林夏？”

林夏：“对呀。”她不是两个小时前刚刚自我介绍过？

妹子捂住了嘴，一脸的“我不相信”。

林夏前后一联想，突然明白了什么。

她微眯起眼：“你……看过小安的漫画？”

妹子不甘愿地点了点头。

林夏结束了视频通话，了然地笑了笑：“你……不会就是小安说的晏秋毒唯吧？”

妹子跑开了。

之后，妹子冷冷瞪了她一下午。

妹子对她宣战：“我不会承认你的。”

林夏生出一抹异样的情绪，她觉得自己当时大概笑得像欺压小白花的恶毒女王：“我要你承认做什么？”

当天晚上，一个著名晏秋毒唯发了一条脱粉微博：

我再也不相信爱情了。

15 ///

小提琴手妹子审视着林夏：看起来柔柔弱弱……

林夏单手托起了定音鼓。

小提琴手妹子继续审视：长得也就那样……

她的朋友发来一条信息：听说你们乐团来了个美人姐姐？

小提琴手妹子再接再厉：性格也不怎么样……

林夏跟乐团的其他成员有说有笑地经过她面前。

小提琴手妹子：一看就是水性杨花、不安于室的……

她看着看着，发现乐团同事们都已经走光了，她也赶忙收拾收拾出了排练厅。

16 ///

排练厅在大学城附近，人员很杂。

而且才过完年没多久，很多人都没回城，这里显得有点荒凉。

她才经过一个工地，就有几个流里流气的男青年不怀好意地对她吹起了口哨。

学音乐的妹子总是被贴上文静、柔弱的标签，成为他们的调戏对象。

她缩了缩肩，加快了步伐。

“一起走吗？”突然一个声音安抚了她的惊慌情绪。

妹子抬头，发现竟然是去而复返的林夏。

林夏点开了一条微信语音，对方说：“路上小心。”

那清冷的音色，妹子一下子就认出是她男神的声音。

林夏回了一条语音：“嗯，我到家了告诉你。”

妹子迟疑着开口：“他……不放心你一个人下班啊……”

林夏笑：“他这是不在帝都没办法。”

林夏回忆：“想当年因为我婉拒了他接我下班，堂堂哲学才子跑到西餐厅跟我一起打工，然后借口说同路……”

林夏：“嗯……我突然觉得我是不是有点身在福中不知福？”

妹子：为什么我要被喂“狗粮”！

17 ///

一个月说长不长说短不短。

勒大少有一天问林义安：这次阿秋怎么一个月都没搭理我了？我是不是又哪里得罪他了？

正探班林夏的林义安，看着那俩“柔情蜜意”地打着视频电话……

她回了一条给勒大少：大概是……顾不上。

18 ///

这天，林夏排练完一个曲目，一抬头，发现了台下等着她的晏秋。

他穿着一件细格纹呢大衣，半张脸裹在围巾里，只露出一双漂亮的眼睛，朝她笑着。

真好看，林夏不由得感叹了一声。

小提琴手妹子比她还激动：“晏、晏老师。”

林夏介绍：“你的迷妹。”

晏秋朝妹子点了点头，然后视线落回林夏身上。

妹子：“晏老师，你什么时候可以给我们指导指导？”

晏秋问林夏：“你说呢？”

林夏：“呃……那就现在？”

晏秋点了点头：“嗯，你说什么都可以。”

妹子：要不要这么宠！

然后当天，乐团的几个小提琴手让晏秋细致地指导了一下午。

受了一个月“狗粮”洗礼的小提琴手妹子决定放弃挣扎。

晚上，那位知名的前晏秋毒唯发了一条回粉的微博：

我又相信爱情了。真香啊……

第十六章

真人发糖

01 ///

Lilian的男装品牌现在也挤进了新晋潮牌的行列。

她做东，请了“土豪团”和钱玫、勒大少一行。

钱玫表示可惜了，她有钱要赚，不能出席，一番话说得感人肺腑、情真意切。

林乂安觉得她大概只是在可惜错失了一次看八卦的机会。

勒大少熟门熟路地领着林乂安到了聚餐地点。

一进包厢，林乂安就看见三男一女在品酒。

林乂安这是第一次见到完整的“土豪团”：

一个端着客套的热情，就像全世界都能跟他哥儿俩好。

一个戴着眼镜，有点孤芳自赏的自傲意味。

还有一个搂着Lilian，就是阿仃那个风流大少。

林乂安猜了下，从左到右：甲乙丁，梅兰菊。

勒大少的介绍证实了她的猜想：“阿榎、阿猗，还有你见过的阿仃。”

林乂安觉得自己画的人设跟他们还挺贴的。

阿榎端起酒杯，遥敬了他俩一下：“行啊，阿昊，我还以为你要‘注孤生’呢。”

阿猗嗤笑了句：“也说不准。他都能沦落到被踢出家门了，什么时候被女人踹了也很正常。”

林乂安瞬间觉得她在漫画里把这群公子哥儿画得可爱多了。

林乂安：你们讲话要不要这么讨厌!

勒大少撇了撇嘴，想着自己停滞不前的进度，可怜兮兮地看了林乂安一眼。

林乂安明白了，原来是这样。

她想起勒大少专程陪她回老家，牺牲自我为她安抚爸妈，林乂安霎时觉得这次她不给勒大少撑住场子，完全说不过去了。

林乂安肯定道：“以我俩的关系，只会是他踹我出门，没有我踹他的份儿。”

毕竟，他俩可是房东和房客的关系，嗯。

勒大少愣了愣。

林乂安也回了勒大少一个wink（单眨眼）。

勒大少觉得自己明白了林乂安的意思：这不就是他在林小安家餐桌上谈婚论嫁时抛给林小安的同款媚眼吗?

他俩果然是心意相通的。

勒大少乐呵呵的：“那我也不可能踹你出门啊，你那么厉害，我怎么敢啊？”

林乂安：我怎么并不觉得高兴呢?

阿榎：“不过，你那公寓还是寒碜了点吧？阿昊，你不打算换套大一点的？”

勒大少：“那公寓有什么不好？住的人喜欢就行。”

勒大少：“林小安，你愿意一直住下去的吧？”

林乂安这会儿真心实意地点了点头：“住一辈子都行。”

林乂安说完，偷偷瞟向勒大少。

这位大少爷跟“土豪团”又扯到其他话题上，推杯换盏，谈笑风生。

那才是勒大少本该有的面目吧。

唉，一辈子，哪可能真给她住一辈子呢?

林乂安暗自叹了一口气。

02 ///

801里，林夏在试菜。

有魔都的扣三丝、红烧狮子头、鹅肝酱片，还有大理的雕梅扣肉、夹沙乳扇、玫瑰米凉虾。

林夏吃得心满意足，恨不得连酱汁都拌饭吃。

如果说，在回国喝到第一口汤时就感觉终于活过来了的话，那么在小安家，经过小安她妈手艺的调养后，被国外的食物折磨了三年的胃也养回了七七八八。

但人总有口味偏好。

即使是她想了三年的家乡菜，也总有她爱吃的和不那么爱吃的。

林夏看向晏秋，这个人把她的口味掌握到如此精妙的地步，到底花了多少心思？

她又叹：算起来，跟他都认识七八年了，这些年来，他到底投注了多少心血在她身上？

造孽啊造孽，林夏摇头。

晏秋解下围裙："不合胃口？"

林夏一怔，连忙表明："味道好极了。"

心虚之下，她犹嫌不够，着重夸赞了一句："真想吃一辈子。"

晏秋平静地看着她。

林夏真诚地微笑。

晏秋："那就嫁给我。"

林夏："哈？"

晏秋平静道："我给你做一辈子的饭。"

林夏："呃……你这算是求婚？"

晏秋点了点头："嗯……就是少了枚戒指。"

林夏略微松了一口气，笑道："就是，求婚戒指总要有一枚，人生大事不能这么敷衍。"

晏秋转身走进房间，又走了出来。

林夏蒙了。

晏秋掏出一个小方盒，单膝跪地，打开。

晏秋：“戒指。”

林夏：“哎？你不是应该说‘嫁给我好吗’？”

晏秋果断答：“好。”

林夏：这是什么套路？！

晏秋：“所以……嫁给我好吗？”

大概是美色太过误人，林夏呆愣了一瞬：“好……”

然后她才反应过来自己答应了什么。

林夏内心慌得很。

然后林夏看见晏秋惊讶了一下，露出了她从来没见过的欣喜若狂的神情。

林夏慌乱的心就这么被安抚了下去。

晏秋虔诚地从盒里拿出戒指，深深吸了一口气：“我以为我要求一百遍婚，你才会答应。”

林夏：“嗯……其实我想了想，觉得年纪也差不多了。”

晏秋定住了。

糟糕，她又说错话了。

林夏觉得大冬天的，屋内的温度有点低。

晏秋：“所以……随便谁都行？”

林夏连忙解释：“也不是……一直这么受你照顾，这不……我也不太好意思……”

晏秋的脸更黑了：“所以你这算是可怜我？你把婚姻当什么？施舍？”

林夏：“我……”

林夏惭愧地想着，自己要不要为了成全晏秋的骨气而“收回成命”？

晏秋突然有些咬牙切齿：“你还真想反悔？”

他一把抓过林夏的手，迅速地把戒指套上：“既然你答应了，这辈子就别想逃了。”

两人十指相扣，晏秋一副永不放手的架势。

林夏：“哦。”

晏秋看了她一眼，用空闲的手掏出手机，翻了下皇历："本月十五号，宜嫁娶。"

他拨了个电话："对，我要订酒席……"

他又拨下一个电话："罗莎婚庆吗……"

晏秋转头："你老家那边要订几桌？"

林夏："呃……"

晏秋已经拨了个电话给小安她妈："林伯母，我是晏秋。我跟林夏打算结婚了，所以……好的，那麻烦您了。"

晏秋拨了最后一个电话："是我。我要结婚了，本月十五号……对，是她……嗯……找到了。"

林夏不受拘束的右手已经重新拿起了筷子。

她看着晏秋交代完了一切事宜。

林夏："你最后的电话是打给谁的？"

晏秋平静道："我妈。"

林夏："噗……喀喀喀。"

03 ///

包厢里，勒大少收到了一条微信。

他狐疑地望向林乂安："阿秋跟我说他跟你姐姐要结婚了……"

勒大少惊道："时间都定好了，本月十五号！这么速度！"

林乂安："嗯……我也收到姐姐的邀请函了……"

阿榎："我怎么没收到？"

阿猗："我也没收到。"

阿仃："我也没……"

这仨看向了Lilian。

Lilian："我就更不可能收到了。"

勒大少理所当然道："哦，那就是阿秋没邀请你们吧。"

勒大少火上浇油："估计怕你们搞事。"

怎么说他们也是从穿开裆裤开始就互看不顺眼的交情，晏秋竟然不叫他们？

“甲乙丁”三人暗暗地对视了一眼。

04 ///

本月十五号，婚礼现场。

林乂安穿着伴娘服，直到现在，还觉得有点不真实。

姐姐要结婚了！

跟男神！

秋夏CP真人发糖！

身为某种层面上的同人作者，林乂安的心里在“旋转跳跃不停歇”。

林乂安觉得自己是月老，是丘比特，是红娘。

她就是那块三生石，那根姻缘线。

只要是她拉的郎，就没有不成的！

不过比起她这个CP粉，新娘本尊倒显得有点郁郁寡欢。

林乂安：“姐姐，怎么了？”

林夏：“我在反省。”

林乂安：“反省？”

林夏：“对。”

林夏：“我在想……我是不是不该答应晏秋的求婚。”

哈？

什么情况？

这个时候？

外面宾客都坐满了啊！

林乂安几欲抓狂：姐姐，你别告诉我，你也得了什么婚前恐惧症……

林夏继续：“我总觉得我答应了他，他反而不怎么开心。”

林乂安松了一口气：不是你不开心就行。

05 ///

不过好端端的，姐姐为什么会觉得男神不开心？

林义安疑惑：“姐姐，你到底是对姐夫没信心，还是对未来的生活没信心？”

林夏托腮：“我对自己没信心。”

林义安迟疑：“姐姐……难道你害怕自己有一天会被姐夫始乱终弃？”

林夏：“哎？这倒没想过。”

那你到底在担心个啥？

林夏：“不是有一道题吗？一个你爱的和一个爱你的人，你会选择嫁给谁？”

林义安：“姐姐，你难不成……是觉得自己不爱姐夫，怕自己后悔？”

林夏：“哦，我倒无所谓。我怕他选了他爱的，没选爱他的，最终他会心有不甘。”

林义安：爱男神的人那么多，他选得过来吗？！

等等，无所谓？

你还真觉得自己薄幸寡性啊？

在老家那阵子，我都要被你们闪瞎眼了好吗？

林义安：“姐姐……难道你没发现，其实你也整天追着姐夫的身影看吗？”

林夏理所当然道：“这不是养眼嘛。”

林义安：“勒大少长得也挺养眼的，怎么从来不见你盯着他看？”

林夏：“嗯，就像食物一样，每个人都有偏爱的口味，我喜欢晏秋那类文质彬彬的，对你主子那种酷炫狂跩的欣赏不来。”

林义安：咦？酷炫狂跩？原来“傻白甜”的勒大少在其他人眼里竟然是这种形象？

林义安：“等等，他才不是我主子！”

林夏玩笑：“那是‘狗修金萨马’（日语，意为‘丈夫、老公、主人’）？”

林义安：“才不是！他只是我的房东……呃……”

说出来你可能不信，五百五十块月租的帝都高档小区、豪华公寓。

林乂安蔫了一下：“总之，我跟勒昊天就是一人出钱、一人出力的单纯室友关系！”

林乂安：“不对……他只出了房，是我又出钱又出力！”

06 ///

化妆间外，来参加婚礼的勒父跟晏父谈笑风生。

勒父：“没想到晏秋的动作这么快，之前一点风声都没听到。”

晏父笑呵呵的：“我也是啊。”

勒父觉得自己应该是听差了。

勒父：“说起来，今天我还是第一次见你家儿媳妇。”

晏父：“呵呵，我也是。”

勒父有点不淡定了：“之前你们两家都没对过亲？”

晏父：“现在年轻人不兴这一套，领个证就完了，愿意办酒席都是看在我们老一辈的面子上。好多年轻小夫妻直接选择旅游结婚呢，觉得花那么一大笔钱让人来捧场，还不如自己出去潇洒。”

勒父激动道：“我家那小子，我绝对不让他这么干！我家可不差这笔钱！”

晏父：“呵呵。”

勒父：“哎，不是，我不是说你家就差这笔钱。”

晏父：“呵。”

勒父：“哎，老晏，你别这么笑，笑得我发慌。”

晏父不笑了，对他点了点头，走开了。

勒父暗自吐槽：文化人的心海底针。

然后房门那边爆出响亮的一句：“总之，我跟勒昊天就是一人出钱、一人出力的单纯室友关系……”

勒昊天？那不就是我儿子？

勒父的脑子有点混乱。

一人出钱，一人出力？怎么听着这么像违法交易？

勒父倒吸一口凉气，难不成是什么不纯洁的关系？

他早听过现在的年轻人想得开，只是没想到会落到自己的宝贝儿子身上。

谁出钱？谁出力？

他儿子现在可没什么钱（林乂安：勒大少再没钱也比我有钱）。

好啊，怪不得丢出家门这么久儿子都没闹着回家。

敢情是被包养了！

勒父偷偷把门打开了一条缝，一个温雅贤淑、穿着婚纱的美女，还有一个穿着伴娘礼服的小姑娘在狰狞地咆哮：“不对……他只出了房，是我又出钱又出力！”

这小姑娘为什么这么眼熟？

是那个机场暴力女！

什么？我儿子就是她的出轨对象？

人身控制，这绝对是人身控制！

勒父的脑子在飞快旋转，他知道有一种人专门入住到别人家中，用暴力控制对方，让对方对其言听计从，产生类似斯德哥尔摩综合征的症状。

怪不得自家儿子竟然学会了洗衣做饭，原来都是被人逼的！

勒父很后悔，也很惭愧。

他当时怎么这么狠心，就这么把儿子赶出了家门呢？

不行，他一定要把他的宝贝儿子夺回来。

他刚想把门推开，身后一个人影猛地冲了过来。

那人：“咦？爸？”

勒大少随便打了个招呼，就开门冲里面喊：“不好啦，我把钻戒忘在枕头下面了。”

07 ///

林乂安恶狠狠道：“你怎么会把钻戒忘在枕头下面？”

勒大少："我怕忘嘛，所以就放在离我近一点的地方了。"

林乂安简直想"糊他一熊脸"："你好好放桌上，也不见得会忘。"

勒大少缩了缩脖子，嘀咕："那也不一定嘛……"

林乂安："还顶嘴？还不回去拿！"

勒大少："哦。"

天哪！他儿子什么时候这么听话过？这绝对是斯德那什么摩综合征！

勒父发话："你等等，你们到底是什么关系？"

勒大少："你未来儿媳妇。"

林乂安："我们没有关系！"

勒大少和林乂安同时看向对方。

勒大少惊泣状："什么？林小安，你要对我始乱终弃？！"

林乂安："我……我什么始乱终弃？"

勒大少："林小安，你明明说，只要我搞定房子，你就陪我一辈子的。"

林乂安："我什么时候说过？！"

勒父震惊："你连房子都想送她？！"

他想错了，这不是包养，是骗财骗色！

晏秋走了进来："勒伯父好。"

然后他转头看向慌慌张张的勒大少："出了什么事？"

勒大少："哦……啊！阿秋，我把钻戒落家里了，快跟我回去拿！"

然后他拉上晏秋风风火火地走了。

被留在原地的勒父和林乂安一脸蒙……

被留在原地的林夏，微笑。

林乂安看着气急败坏的勒父。

林乂安觉得自己需要解释一下："勒伯父，这都是误会……"

林乂安诚恳道："您放心，我跟您儿子没什么关系。"

勒父："哼，我不管你们以前是什么关系，从今往后，别再跟我儿子扯上任何关系！"

08 ///

“砰！”关门声响。

林义安愣怔着回头看林夏。

林夏微笑：“哦？没什么关系？”

啊啊啊！姐姐，你别忙着调侃我了！要出大事了啊！

09 ///

酒店的露天停车场里，三辆颜色鲜艳的兰博基尼停成一排，旁边还有一辆小面包车。

“土豪团”作死三人组纷纷下车，要的就是这个排场。

阿榎用狗笼装了两只大白鹅提在手里。

他靠着他那辆红色的兰博基尼：“以鹅代雁，表达男女双方婚前互守婚约，婚后结为伴侣永不分离的美好愿望。这礼物送得够有诚意了吧？”

阿仃拎出一小桶乳胶漆：“胶漆，胶漆，如胶似漆。我这份礼物的寓意才好。”

阿榎：“此‘胶漆’非乳胶漆。”

阿仃：“这有什么关系？乳胶漆，如胶漆，比平安夜吃苹果都恰当。”

阿猗空着手下车。

阿榎问：“你的羊羔呢？”

阿猗扭头：“没找到。”

阿榎从狗笼里抱出一只白鹅：“算了，正好我有两只，分你一只。”

白鹅挣扎：“嘎！嘎！”

阿榎：“哇！它还啄我！”

阿猗立马抢过漆桶：“我拿乳胶漆。”

阿仃：“那我拿什么？”

阿猗：“抱鹅。”

保安大叔冲过来：“喂，你们几个，酒店不许自带酒水和食物。”

阿榎：“食物？哪里有食物？”

白鹅扑腾：“嘎！”

那是活禽！

保安大叔操着一口东北口音：“看你们穿得人模人样的，是不是去饭店吃饭，材料全自己带，还要饭店再送你们一道啊？”

阿榎：“啊？他说什么？”

阿仃：“我知道，是小品里面的段子。”

阿榎：“不差钱？那我们是不差。”

阿猗冷声道：“那段子吐槽的是很差钱。”

阿榎跳脚：“那绝对不是我们。”

阿仃：“对，不是我们，是你。是你的鹅。”

阿榎正色：“其实……它们是我的宠物。”

阿榎指着笼子间隙：“你看，我还为它们系上了红丝带。”

保安大叔叉腰：“宠物也不许带！”

勒大少拉着晏秋急匆匆地跑到停车场，驾车扬尘而去。

阿榎：“我刚刚似乎看见了阿昊。”

阿仃：“我也是。”

阿榎：“这是带新郎私奔了？”

阿仃：“不至于吧？”

阿榎问小面包车上的摄影组：“拍下来了吗？拍下来了吗？”

摄影组抱着还没开机的机器面面相觑，然后摇头。

阿榎叹息：“唉，多好的素材。”

Lilian走过来分享笑话：“勒大少爷把新郎的结婚对戒落在公寓里了。”

阿猗远目：“既然人都走了，那就算了吧。”

阿榎突然兴奋道：“咦？公寓？好机会！”

阿仃：“追！”

第十七章

跟你私奔

01 ///

勒大少的公寓。

勒大少从枕头下摸出了戒指盒。

他松了一口气。

没出问题真是太好了。

这是他第一次当伴郎，而且还跟林小安一左一右、金童玉女，这完全是婚礼的预演啊。

于是他抱着戒指盒兴奋得睡不着，小心谨慎，再谨慎小心，放抽屉里怕忘了，放桌子上怕丢了。反复折腾后，他把戒指盒塞到枕头下，终于安心地睡着了。

然后，他忘了。

晏秋打开戒指盒，检查对戒完好后，收入口袋。

勒大少偷瞄了一眼他冷淡的脸色。

勒大少："那个……阿秋啊……"

晏秋："嗯，我知道你不是故意的。"

勒大少："要是戒指真不见了，你会不会跟我绝交？"

晏秋："不会。"

勒大少感动。

晏秋："把你卖了再买一对就是了。"

勒大少：阿秋果然生气了！

勒大少：还好没出问题。

然后他们打开门，跟门口的“土豪团”打了个照面。

阿榎、阿仃各抱着一只大白鹅，笑容可掬。

阿猗端着一碗白色乳胶漆，面带嫌弃。

“甲丁”齐声高呼：“Surprise!”

勒大少：林小安救命，说问题，问题到！

02 ///

还真是极大的Surprise。

受惊最大的大白鹅扑棱着挣脱出来，踩翻了阿猗手里的乳胶漆。

鹅飞，漆洒，试图抓鹅的人、沾满乳胶漆的鹅，白毛满天，一团混乱。

“噗”，扑棱在半空的鹅被吓出了屎，落到了晏秋漆黑的西装上……

晏秋看了一眼自己的西装，又抬头看了一眼他们。

勒大少不自觉地退后了一步，免得被“殃及池鱼”。

阿仃讪笑了下：“那个……失手，失手。”

阿仃转头：“阿猗你怎么不端住呢？”

阿猗一脸嫌弃：“是阿榎没把鹅抱住，你看我的袖子上都是。”

阿榎不服：“那鹅多难抱！你自己那只也没抓牢。”

晏秋冷冷地看着他们。

阿仃打着哈哈：“哎呀，算啦算啦，谁也不想的，我们也是好心对不对？”

阿榎：“就是，哈哈。”

晏秋没有搭腔。

他脱下西装往地上一扔，解开袖扣，卷起了衬衫袖子。

阿仃有点慌：“你想怎样？难不成你还想揍人？”

晏秋：“对。”

阿榎高呼：“晏秋你别忘了今天是你的大喜日子，不宜见血。”

阿榎：“摄像机还在拍呢！你是名人，注意身份！”

阿仃壮着胆子道：“怕什么？我们三个人，他就一个，谁怕谁，上啊！哎？阿猗，你往后跑什么？”

阿猗：“据说晏秋打架很厉害！”

阿仃不信：“就他那身板？”

阿仃：“等等，晏秋，你来真的？！”

阿仃：“啊！”

惨叫声此起彼伏。

勒大少拨了个电话给林乂安：“完蛋了！林小安，他们打起来了！啊？我们在公寓啊，阿秋小心！”

一阵混乱后，勒大少拾起掉在地上，还被谁踩了一脚的手机，撇了撇嘴：“阿秋，你继续。”

03 ///

林乂安看着被挂断的电话：“什么情况？！”

林夏起身，拉上林乂安：“走。”

林乂安：“去哪儿？”

林夏：“公寓。”

林乂安：“可是婚礼？”

林夏：“不重要。”

重要的是那个人，而不是什么仪式。

04 ///

酒店保安看到新娘拉着一个妹子飞奔，然后两人招手上了一辆出租车。

保安：“今天咋回事？私奔了个新郎，又私奔了个新娘？”

05 ///

坐上出租车后，林夏才察觉到自己从心口凉到了指尖。

刚才在酒店被中央空调吹出的那一点暖意，此时消散得干干净净。

她仿佛还置身在那片密林里。昏沉的冬季傍晚，他们都不敢点起火堆。

炮火似乎就在不远处。

身边的妇人无声啜泣着，哀悼她没能回来的孩子。

林夏哈出一口白气，动了动僵冷轻颤的手指。

林乂安握上林夏冰凉的手："姐姐，你怎么了？"

林夏勉强笑了笑："没什么。"

车里的空调其实开得很足，林乂安却觉得林夏像快要冻僵一样无意识地颤抖着。

林乂安："姐姐，不会有什么事的。"

林夏："我知道。"

但情绪从来不受理智所控制。

她一想到有万分之一的可能会再也见不到那个人，恐惧就揪着她的心脏，将她整个人往那片冬季的密林里拖。

06 ///

被困住的那三年，她其实并没有特别恐慌或悲伤，多数时刻，她是麻木的，麻木着端起微笑去安抚别人。

但回来后，她才发现那些被压抑的情绪并没有随着她回国而消失，而是伏在暗处，循到机会就从缝隙里钻出来，纠缠着要把她拖回到那种无望的绝境中去。

失去，太可怕了。

再也见不到，太可怕了。

她似乎有一点点体会到晏秋当初的心情了。

而这更让她心口闷痛到几乎无法呼吸。

林夏又无意识地笑了笑："你之前都在干什么啊……林夏。"

林乂安："啊？"

林乂安一脸担忧。

林乂安继续拨打勒大少的手机，却发现已关机。

她又重复播了几遍才想起：咦？她为什么不直接打晏秋的电话？

有时候事情一急，大脑就会短路。

她抱着试试看的心态拨了过去……

林乂安："姐姐！接通了！"

07 ///

从幼儿园开始，"土豪团"里除了勒大少以外，就一直喜欢跟晏秋过不去。

小到"你不许和我们用一样的杯子"，大到"你竟然敢不卖我们面子，不跟我们一起出去"。

晏秋一直觉得这是一群薛定谔的"猫"，你永远不知道他们到底希望你怎么做。

当然，晏秋通常是不搭理他们的。

能让他不得不搭理的，也就勒大少一个了。

所以晏秋跟"土豪团"的关系一直是单方面的。

晏秋在他们面前一直冷冷淡淡、行止有度，他们再怎么招惹他，都不见他有过大的情绪波动。

所以你说晏秋会动手揍人？

他们是不信的。

即使勒大少多次炫耀他跟晏秋小时候并肩作战、突破围攻的丰功伟绩，他们也不认为晏秋会揍到他们身上。

而这次，其实要说他们想达到什么目的，那是没有的。

他们纯粹是想让晏秋堵心一下而已。

但一不小心，事态有点失控，堵心堵得有点大。

然后他们变成了地上的三具“尸体”。

08 ///

久等他们不回的Lilian一上来，就看见被揍趴了的三人。

摄像组成员抱着器材蹲在墙边瑟瑟发抖。

Lilian吓了一跳，忍不住蹲下身去探阿仃的鼻息。

“甲乙丁”三人呻吟。

哦，活着。

晏秋：“放心，我下手有分寸。”

Lilian觉得自己有义务善后。

她眼尖地瞅到被丢在地上的西装。

Lilian端起专业式的笑容：“真抱歉，损失我赔。您的礼服我让样衣师马上做一套一模一样的赔您。”她不自觉地用了敬语。

勒大少：“现做一套？那得等到猴年马月去？再过一小时就是吉时了。”

跨过“尸体”走向电梯的晏秋说：“有成衣吗？”

Lilian连忙道：“有有有。我让助理马上送过来。”

晏秋按下电梯按钮：“不用了。直接送去酒店。”

然后他的电话响了。

09 ///

林乂安：“我们在过来的路上了。”

林乂安：“不过路上好堵，司机说还要一小时才能到。”

林乂安：“我让姐姐跟你说几句，她担心死了。”

晏秋收起了一身冷煞，柔声对电话那头说了几句话。

他收起电话，目光扫过勒大少，又扫过摄影组，然后将视线重新落回Lilian身上。

晏秋：“衣服改送到这里，一小时内送到。”

Lilian握紧电话乖巧保证："一定送到。"

晏秋看向摄像组："设备可以连线到酒店吗？"

领头的导播："能，能，可以通过直播平台，酒店那边只要接台电脑……其实刚刚就在直播的，"导播想起了什么，急忙声明，"不过您动手前，我就给掐了。"

晏秋看向勒大少："你……"

勒大少严阵以待。

晏秋："旁边待着。"

勒大少："啊？"

10 ///

Lilian的助理不但搞来了一龙门架的西装，还搞来了一卷红毯。

801通往电梯有一段短短的走廊，门打开，红毯一直铺到了白色钢琴前。

晏秋换了一套纯白色的西服，牵着林夏站在红毯的末端。

勒大少拿着晏秋的手机，手机上实时显示着连线那端的司仪。

伴随着因为连线而略微延迟的婚礼进行曲，以及司仪高亢的声音，他俩走过红毯，在白色钢琴前交换戒指，然后共许一生。

林夏突然偏头轻轻笑了笑，将脑袋靠在了晏秋的肩上。

晏秋："怎么了？"

林夏："我只是发现，我比我想象中还要爱你。"

司仪瞅了一眼大屏幕："新郎！还没到亲吻新娘的时候！"

11 ///

仪式结束，红毯一撤，801房门一关。

林乂安估摸着姐姐和男神大概不打算出来了。

然后她一回头，看见了勒大少哀怨的眼神。

勒大少："林小安，我们需要谈谈。"

林乂安心口一跳，才想起那句莫名其妙的"始乱终弃"。

两人回到802，在餐桌前面对面坐定。

林乂安："我觉得我们之间有点误会。"

勒大少委屈地咕哝："才没误会，你明明答应我的……"

林乂安："我答应你什么了？"

勒大少："我搞定房子，你就和我在这里住一辈子啊。"

哈?

你当真的吗？

把房子买下来就为了让我租一辈子？

12 ///

林乂安深吸一口气："我跟你说过了，我们总有一天会分道扬镳，我们不可能一辈子维持这种关系。"

勒大少："为什么不可能？"

勒大少表示不服："阿秋他们不就相约一辈子了吗？"

那能一样吗？！

林乂安："我姐姐跟晏秋结婚了！"

勒大少："那我们也结啊。"

啊？喂!

为了个身兼保姆的租客，你这个昊天集团的少东家竟然拿婚姻来换?

林乂安镇定了下："婚姻是需要感情基础的。"

勒大少的脸涨得通红："我还不够喜欢你吗？还是……你其实一点都不喜欢我？"

林乂安的脸腾地红了："我才没有喜欢你。哎，不是……"

林乂安惊觉过来："什么？你喜欢我？"

勒大少也惊觉过来："啊？什么？你不知道我喜欢你？"

林乂安："我为什么会知道？你什么时候跟我告的白？"

勒大少：“啊？”

勒大少仔细想了想……

勒大少：“哦，就刚刚嘛……”

勒大少：“但是我们之前不都在阿榎他们面前承认过我们的关系了吗？我觉得我们彼此是心意相通的啊？”

并没有！我承认的只是房东和房客的关系！

勒大少歪头看林乂安的脸色：“所以，你确实也喜欢我的吧？”

林乂安承认也不是，否认也不是。

她眼一闭，心一横：“对。”

果然！他就说一直觉得林小安其实是喜欢他的嘛！

勒大少小心求证：“你……你是从什么时候开始有一点点喜欢我的？”

要是连那些被自我否认掉的心动也算进去的话……

林乂安自暴自弃道：“可能……在见到男神之前吧。”

勒大少：“这么早？”

林乂安有点怒：“谁让你说话那么暧昧，又老是笑得那么甜！”

勒大少乐呵呵地笑着，感觉自己像被摁在了蜜罐里。

他探过身去，拉了下林乂安的手。

林乂安的脸红红的，都快熟了。

真是可爱。勒大少心中一动，终于有勇气偷了一个香。

果然跟他想的一样甜……哎呀！

他被反手制服在了桌面上。

林乂安：“喀喀喀，抱歉，我下意识就……”

门口传来一声高呼：“放开我儿子！”

勒父杀将而至。

完蛋，差点忘了还有这茬儿。

13 ///

勒父捂着心脏："你……你给我滚出这屋子！这里不欢迎你。"

林乂安手足无措，觉得自己之前立过的flag应验了。

勒大少赶忙从桌面上爬起来："老爸您干吗？"

他嘟囔："我好不容易追到的。"

勒父指着林乂安："你们这叫没什么关系？"

林乂安心虚：这……我们刚刚发生的质变。

勒大少哼哼："我们两情相悦，你管我们什么关系……"

勒父："我不同意！"

勒大少："我就知道您不会同意，我才不管您同不同意。"

勒父："你妈也不会同意。"

勒大少："您又不是我妈，您怎么知道她同不同意？"

勒父："反正我不同意！"

勒大少："所以谁管您同不同意。"

林乂安：这是……在讲同一件事？

林乂安：你们两个的脑电波是什么时候对上的？！

勒父："你立马跟她断绝关系。"

林乂安的心里"咯噔"了一下。

勒大少："凭什么？"

勒父："凭我是你爹！"

勒大少："我是具有独立行为能力的人，我想跟谁有关系，就跟谁有关系。"

林乂安打圆场："呃……其实我们还没什么关系。"

勒父："你看！她都说跟你没关系了。"

勒大少震惊："林小安，我们刚刚许定终身，你就要对我始乱终弃？！"

林乂安：我什么时候跟你许定终身了？！我们顶多只到了"互表心意"，都还没确立关系！

勒父摆出架势："小姑娘，你该有自知之明，你这样的是配不上我们勒家的。"

勒大少："老爹，你还真准备走这种标准套路啊？"

勒大少："那您现在是不是该拿出支票了？"

勒父："支票？你还帮着外人要钱？"

勒大少惊道："您连支票都不甩，就想让人走？"

勒父怒视林乂安："好！你说你要多少钱才肯离开我儿子？"

林乂安：我都说了，我们还没关系！

林乂安深吸一口气："勒伯父……"

勒父："谁是你伯父！"

勒大少："对，叫爸。"

林乂安一个眼神过去：你就别添乱了！

勒大少委屈巴巴地闭嘴。

勒父：你看！都被调教成什么样了！我儿子什么时候这么听话过？

林乂安："勒董，我想您是不是有什么误会？"

勒父："你说，你们是不是住一起？"

林乂安："呃……对……但……"

勒父："你说，你是不是付了钱给我儿子？"

林乂安："是……不过……"

勒父："你是不是还揍过他？"

林乂安："这……不算吧……"

林乂安觉得这问题的走向有点奇怪。

勒大少插话："林乂安摔我都特意摔在地毯上呢，下手可温柔了。"

勒父：我就说吧！

勒父下结论："完全没有误会！"

林乂安又瞪向勒大少：叫你别添乱了！

林乂安：这根本是误会大了！

勒父对勒大少说："你马上给我回家！"

勒大少："不回！您忘了您已经把我踢出家门了？！"

勒父："我撤回！"

勒大少："那我离家出走！"

勒父：“你这完全是被洗脑了！”

勒大少表忠心：“我生是林小安的人，死是林小安的鬼。”

林乂安：这是死了也不放过我的节奏吗？

勒大少：“林小安，你就待在这儿，哪儿也别去。”

勒父哼声：“这是我的房产！”

勒大少：“好啊，那你再把我踢出家门一次啊。反正我现在有钱、有工作，不用靠你养。”

勒父：“你有工作了？你不去自家公司，你还会做什么工作？”

勒大少自豪道：“我还可以靠脸吃饭——当模特。”

勒父揪着心口：“你堂堂勒家独子……你小子是要气死我！哎哟哎哟。”他晃晃悠悠的，眼看就要倒。

林乂安吓了一大跳：“我马上就走，您等我五分钟。”

风卷残云。

林乂安发挥了部队训练出来的效率。

勒大少惊呆了。

勒父也惊呆了。

林乂安真就在五分钟以内收拾东西走人了。

她临出门时还对勒父鞠了个躬，贴心地关上了门。

勒大少：啊啊啊啊！我刚刚追到的媳妇被我爸赶走了！！

14 ///

勒大少也开始收拾东西。

勒父：“你干吗？”

勒大少头也不抬：“离家出走。”

勒父：“你已经被踢出家门了，你离开了这里，还能住哪儿？”

勒大少：“我自己有钱、有工作，我随便住哪儿都行。”

勒大少觉得，林小安果然说得对。

只有自己攒钱独立，才有资本跟爸妈抗争。

哎？阿秋不是给阿夏姐姐的那间租屋缴了一整年的房租？

阿夏姐姐都已经搬过来了，那租屋岂不是空着了？

勒大少觉得自己的想法很有道理。

勒大少草草塞了一行李箱东西，然后把他爸撂屋里后，去敲801的门。

勒大少"咚咚咚"地敲门。

"阿秋，阿秋，你晚点再洞房，先把租屋的钥匙给我。"

"阿秋，阿秋，你快开开门。"

许久，晏秋开了门，眯起眼睛危险地看着他。

勒大少不自觉地后退了一步。

勒大少："呃……我有正当诉求。"

15 ///

夜色下，霓虹灯光，车水马龙。

林乂安推着驮了行李的"小绵羊"走在马路边。

冷风飕飕地吹过，天际打了一声响雷。

林乂安突然停下来松开车把，然后慢慢地蹲下去，把自己缩成了一团。

林乂安自嘲地扯起一个笑："还是……有点伤心的……"

林乂安："这个时候按套路会下雨。"

风止，雷停，光污染下的夜空一片黑寂，只有天边的两颗星跟月牙组成一个微笑脸，一闪一闪亮晶晶。

商场的大屏幕上播报着这个金木合月的天象。

林乂安：你倒是给我点伤心的氛围啊！

16 ///

林乂安待在林夏的小租屋里捧着一杯热茶。

她觉得自己是不是该开个新坑：纪念我还未开始就消逝的爱情。

她又觉得，这个时候竟然还想着开新坑，自己的情绪应该还比较稳定。

林乂安抬头，感觉自己有点愧对被打扰了洞房的姐姐。

林乂安：“姐姐，我没事。”

晏秋的反应平淡而冷静：“嗯……有事的是阿昊。”

林乂安低下头，小声道：“反正我还一步都没踏出去，我自问也适应不了那样的家庭，及时止步也好。”

犹豫不决，踟蹰不前，一步都没迈出，她就在先心里退了三步。

班长曾说：“你啊，性格不适合。”

林乂安觉得，自己这个性格真是不适合很多事情，比如当军人，比如谈恋爱，比如结婚……

林夏看着她，目光略带怜悯。

唉，这丫头肯定又在想些有的没的。

林夏一巴掌拍在林乂安的后脑勺上：“喜欢就上啊，管他什么家庭门第、同不同意，拿出孙猴子大闹天宫的气势来。”

晏秋挑了挑眉。

林乂安自暴自弃：“还是算了吧。”

林乂安：“反正也就只是一点点朦胧的好感，我只是房客，他是房东，房东不租了，我搬出来也很正常……”

林夏叹了一口气：“你啊……”

勒大少在门口探头。

勒大少：“谁说我不租了，明明是我爸不租，不是我。等我买下来就……”

林乂安：“你你你怎么也在？！”

勒大少：“跟你私奔啊。”

林乂安“噌”地站了起来：“谁要跟你私奔啊！”

林夏挑了挑眉。

林夏跟晏秋互看一眼，退出了租屋。

第十八章

嫁给我吧

01 ///

林乂安："你这什么情况？"

勒大少："离家出走啊。"

林乂安：你来真的？！

林乂安："你爸会气死的……"

勒大少："谁管他，大不了断绝父子关系。"

林乂安：这是不对的！我就怕你来这一招！

林乂安苦口婆心道："我这小屋小庙供不下你这尊大神。"

勒大少："挤一挤还是可以的。"

林乂安：谁要跟你挤啊！

勒大少委屈道："林小安，我现在流落街头了，你都不肯收留我。"

林乂安：你明明有两个家可以回，差点流落街头的是我！

林乂安觉得身为矛盾的冲突点，自己有责任缓和一下勒家的矛盾。

林乂安："我觉得你爸不同意，自有他的道理，反正我们都还没开始……"

勒大少惊道："林小安，我们都见过双方家长了，什么叫没开始？你果然要对我始乱终弃！"

林乂安：这叫"见到家长"，完全不算"见过家长"好不好！

林乂安一咬牙，一狠心："我已经考虑过了，我们确实不合适。"

勒大少急了："哪里不合适了？我家务白痴，你家事全能；我'战五渣'，你打架厉害；我对花钱没概念，你一分钱掰成两半花……我们完全是天生的一对。"

林乂安：别说了，你再说下去，我都要庆幸还没跟你在一起了……

林乂安："其实……你这款的大少爷不是我喜欢的类型。"

勒大少："我知道你喜欢阿秋，但人家都结婚了。"

林乂安："不是……"姐姐还在外面呢！

此"喜欢"非彼"喜欢"！

你不要陷害我！

林乂安的脑海中闪过一个人。

"阿涧从小就很靠谱……我爸一直恨不得两家抱错了。"

林乂安觉得，既然要缓和勒家的矛盾，那就说个勒父喜欢的好了……

林乂安："其实我喜欢阿涧那样的精英人士。"

勒大少脸上神色变换。

最后，勒大少恶狠狠地撂下一句："好！林小安，你给我等着！"

"砰！"勒大少摔门离去。

林乂安：这是要约架？

02 ///

林乂安开门探头。

她发现姐姐一脸莫名的笑意。

林夏摸了摸她的头顶："嗯，乖乖等着哦，我很期待。"

林乂安疑惑地望向晏秋。

晏秋对她点了点头。

点头是什么意思啊？

期待又是什么意思啊？

你们为什么一脸放心地手拉手离开了？

你们不是要安慰我吗？

男神、姐姐，你们能不能不要玩这种聪明人之间的心有灵犀？

我看不懂啊！

03 ///

林乂安回到屋里，在榻榻米上盘腿坐下。

她都没有伤心的力气了。

她总觉得自己好像遗忘了什么。

她摸了摸口袋。

林乂安：勒大少的白金副卡！

04 ///

勒大少正坐在原本是阿涧的位置上有模有样地看文件。

总监办公室外，员工们窃窃私语。

阿涧在茶水间等着咖啡，思考着自己到底是哪里得罪了这个大少爷。

最近阿昊对自己的敌意有点深啊……

因为林乂安的事？

那是勒叔乱发脾气。

他之前还帮忙打了那么久的掩护呢，怎么也怪不到他身上吧？

但阿昊跟勒叔都和解了，没道理紧咬着他不放啊？

阿涧百思不得其解。

他死也不会想到，这敌意的“敌”竟然会是“情敌”的“敌”。

财务经理过来讨好：“唉，真不知道上面怎么想的，空降个什么都不懂的大少爷下来占了您的位置，我都替您委屈。”

阿涧：“什么都不懂？”

阿涧笑了笑：“如果你这么想，就要当心了。”

财务经理：“啊？”

不知阿涧想到了什么，又和气地拍了拍财务经理的肩：“就靠你了啊。”

财务经理安心了。

他觉得自己的忠心还是表到位了。

他阴沉沉地看向那间总监办公室：哼，接下来他只要坐山观虎斗……斗……斗……斗……

05 ///

财务经理喊得撕心裂肺：“我是冤枉的！”

勒大少眼睛都没抬：“哦，那你去跟法官说啊。”

财务经理渐渐被拖远。他怎么也想不到，自己成了大少爷“杀鸡儆猴”的那只“鸡”。

勒大少翻完了投标资料，圈了几处地方。

勒大少：“这报价不行啊，太保守了。”

他一抬头，发现门口还围了一堆人。

他表示奇怪：“你们还围着干吗？”

大家瞬间作鸟兽散。

他们以为是个二世祖，没想到是个煞神！

阿涧对此很满意：“干得不错。”

勒大少：“啊？哦。那我继续算一下。”

06 ///

晚餐时，勒大少一边吃着饭，一边看公司资料。

勒父表示很满意。

他这个看起来没救了的“废柴”儿子，努力一下还是挺靠谱的嘛。

勒父走过来拍了拍勒大少的肩。

勒父：“你读书时要是有这么努力，我也不用花那么多钱了。”

勒大少反对：“我读书时挺努力的啊，您说我不读完研究生不准回来，我不都好好完成了嘛。”

勒大少："您看阿秋都没我学历高。"

勒父："我是让你拿到酒店管理的硕士！没让你半路转专业！"

勒父："而且转专业就算了，你干吗读一半就回来了？"

勒大少："哦，我问过啦，拿到Master就相当于研究生毕业，我当然就回来了。"

勒父痛心疾首："你就是拿着一手好牌，都不知道好好打！"

勒大少："反正老爸您都赢了好几把了，我干吗还要费劲打牌？"

勒父：怎么？还是我的锅了？！

勒父："那你就在自家公司好好工作，别抛头露面接什么代言，当什么模特了。"

勒大少："我现在就是一个活广告，多好，还给我们家省了不知多少推广费。"

勒大少："而且阿钱精着呢，放心，她不会让我掉身价的。"

勒父："我们家不缺那点钱！"

勒大少："我缺。"

07 ///

勒母也坐在餐桌旁："好啦，你们父子俩吃个晚饭也要吵。"

勒母给勒大少夹了一筷子菜："多吃点，在外面没吃好吧？我看你都瘦了。"

勒大少："怎么会？林小安做的菜很好吃的！"

勒母："林小安是谁？"

勒大少："您未来的儿媳妇。"

一听"儿媳妇"三个字，勒母眼放金光："那怎么不带回来给妈看看？"

勒父拍案而起："我说了我不同意！"

勒母："谁管你！"

勒母向勒父怒道："我听阿涧说，那姑娘挺好的啊，你干吗赶跑人家？！"

勒大少："就是。"

勒父气道："我是不想看到你被人欺负！"

勒父："不对，他跟人同居这事，你竟然一直知道？！"

勒母搂着勒大少一致对外："就是知道，你想怎么样？"

勒父气得口不择言："那你知不知道，她就是机场那姑娘！"

勒大少："啊？机场？"

勒大少有点回过味来了。

他掏出手机，输入了几个关键字搜索，然后点开了最上头的一条新闻。

勒大少将手机递给他爸看："您说的是不是这事？"

男子情伤欲报复社会，未及行动被一姑娘英勇制服。

勒父尴尬了。

勒父碍着面子不肯服软。

勒父："那我们两家也门不当、户不对！"

勒母翻了个白眼："说得好像你追我的时候，我们很门当户对似的。"

勒母："你当初骑着一辆破自行车在我家楼下晃荡，像个跟踪狂似的……"

勒父："你能别在孩子面前说这个吗？"

勒大少："就是，现在有几个臭钱了不起了？"

勒大少："林小安家里还直接拿古董当餐桌呢，那才叫真豪气，哪里门不当、户不对了？"

勒父："古董？"

勒大少："对呀，您上次不是拍了一把黄花梨的椅子吗？人家家里那样的椅子有四把。"

勒父蠢蠢欲动。

勒大少："您别打人家的主意啊，小安的爸爸说了不卖。"

勒父："哼，真的假的还不知道呢。"

勒母："就是，不看看谁知道真的假的，那姑娘家住哪儿？我也要去。"

勒大少："哦，云南大理，详细地址我发您。"

勒父："谁说我要去了？！"

当晚，勒父就让秘书安排了三天后去大理的行程。

勒父："咯，我只是去看椅子！"

08 ///

此时的林乂安还不知道自己家里的桌椅被人惦记上了。

她开启了新一轮漫画的连载，并在微博和漫画平台发了预告：公子和圣女的爱情故事。

一时间，评论里沸腾了，晏秋毒唯争相抗议。

Jerry－D：你们这群粉丝怎么还在吵啊，晏秋都结婚了。

Jerry－D：你的粉怎么一上来就骂人？@钟情怕到相思路 出来，别以为我不知道这个是你的微博号。

Jerry－D：@钟情怕到相思路 出来！你上次揍我的账还没跟你算呢。下手真黑，你竟然还来真的！

钟情怕到相思路：嗯。

晏秋粉丝：什么情况？他说@钟情怕到相思路 是晏男神？

吃瓜群众：我对这个ID有印象，他评论过秋夏CP，说了个"配得挺好"。

晏秋毒唯：这你们也信？他还说男神揍人呢，你们信？不过，不管是谁揍的他，我都谢谢那人了。

几乎从这里销声匿迹的"十八线"粉丝：来呀，我帮你们一起骂作者。

众人：滚！

秋夏CP粉：号外号外，晏秋工作室官博公布婚讯！

争吵落幕，一锤定音。

林乂安看着晏秋工作室的微博配图：一片枫叶，一枝百合，一对戒指。

秋叶、夏花、对戒，浪漫得不可思议。

她关掉网页，继续画稿。

涂到勒大少那灿烂的笑脸时，林乂安叹了一口气。

勒大少自从那句"你给我等着"后，就再也没有消息了。

也是，自己还瞎抱什么幻想？

是你自己要缩回那一脚的。

林乂安新建了一个空白页，提笔良久却什么都没画。

最后她就这么空白着存了个标题：纪念我还未开始就消逝的爱情。

09 ///

勒父、勒母带着个明清古董鉴定专家降落到了大理。

他们一行三人找到了林乂安的家。

林母迎了出来：“你们是？”

勒母和气地笑了笑：“我们家姓勒。”

林母恍然大悟：亲家公、亲家母啊？

林母瞬间换上了一脸热情的笑容：“哎呀，请进请进，孩子爸，有客人。”

勒母心喜：果然有戏！

林母把一行人迎进了屋。

她招呼道：“随便坐，我去泡茶。”

勒母坐下了，又起身：“哎呀，不用这么客气，我来帮忙。”

专家随意地坐下，却突然跳了起来。

专家扶着眼镜，仔细研究：“这桌子、椅子，你们就这么随意地在这儿放着？！”

闻声出来的林父看见专家，如同“琴逢知音，酒逢知己”。

林父伸手：“您好您好，您也是搞这方面研究的？”

专家：“哪里哪里，略懂而已。”

林父：“我第一次进到这屋也被这桌子惊艳到了。”

专家：“的确，桌面嵌绿纹石面，纹理天成……”

两人学术交流，相谈甚欢。

林母把林父一把拉过来，小声道：“弄错啦，重要的客人是那一位。”

林父看着一身土豪气息的勒父，皱了皱眉。

他带着文化人对土豪下意识的鄙视，问了一句："谁啊？"

林母："是阿昊的爸爸。你说人家过来，不会是来提亲的吧？哎呀，怎么办，我还舍不得小安出嫁。"

林父受到了惊吓：什么？提亲？我还没同意！

勒父跟专家嘀嘀咕咕了一阵。

勒父抬头："开价吧。"这套桌椅多少钱？

林父："什么？"你要我嫁女儿，还是卖女儿？

勒父："多少钱卖给我？爽快点。"

林父："不卖！"

勒父："你要多少，我都出得起。"

林父怒道："我就看不惯你们这种暴发户！没一点文化修养，跟你没什么好谈的，不送！"

勒父愣了愣：身为昊天集团的董事长，他已经好久没被人喊过暴发户了。

勒父也怒了起来：暴发户怎么了？就晏秋他爹，A大的晏教授，我都能跟他谈笑风生！

他回头告诉专家："跟我的秘书说，把机票退了，我跟他杠上了！"

勒母跟林母相谈甚欢地走了出来，看见这边僵硬的气氛后，她俩继续谈笑风生地走过。

勒母："哎呀，我家的那位就这臭脾气，你们多担待。"

林母："我家的那位估计也在闹情绪呢，不用理他。"

林母："你们都来了，哪有住外面的道理？放心，房间被褥都有，不麻烦。"

勒母："那我可就不跟你客气了。"

林母："一家人，客气什么。"

10 ///

勒父留宿的第一天，林父对他视若无物。

勒父留宿的第二天，林父避走博物馆。

勒父留宿的第三天，秘书打电话来催。

勒父指示，行程全部推后，多难的合同我都谈下来了，我就不信这一单攻克不下来。

林母尴尬地咳了一声："唉，亲家公，你看这事闹的，只有因为彩礼少而吵架的，哪有因为彩礼随便开而翻脸的？"

勒父：彩礼？

勒父："喀，我是想问你们这套桌椅卖不卖……"

林母惊讶了一下，笑道："等我们成了一家人，还分什么你家我家，还有什么卖不卖的？"

勒父：咦？好像也对？

林母拿出相册，例行客人第一次来家的必备流程之一："来，我给你看我们家小安小时候的照片。"

勒父看了一下午林乂安的照片，也听了一下午她的事迹。

他万万没想到，这丫头竟然是个精忠报国的孩子。

11 ///

第五天，勒父一行人终于决定返程。

两家道别。

勒母捅了一下勒父。

勒父挥手："我还会再来的。"

勒母又重重捅了一下勒父。

勒母不好意思地笑道："我们下次再来啊。"

林母："唉，本来亲家可以多住几天的。"

林父："哼。"

林母拧了林父一下，威胁：“是不是啊？”

林父：“是是是。”

12 ///

林乂安抽出钱包里的那张白金副卡，叹了一口气。

自己还在妄想什么呢？

勒家应该早就把它挂失补办了吧。

林乂安又把它塞了回去。

她开始画她的漫画番外：《纪念我还未开始就消逝的爱情》。

13 ///

日子就这么一天天地过去了。

春去秋来，转眼间又到了林乂安第一次遇见勒大少的季节。

林乂安经过书店，橱窗里放着她的《说好的我是主角呢》上下册。

随书附赠的是一本薄薄的小册子《纪念我还未开始就消逝的爱情》。

林乂安笑了笑，叹了一口气：近半年的相处，发生了那么多事，最后被自己记录下来的却只有那么几页。

好像她越画越想念。

林乂安揉了揉眼睛，该忘了，该放下了……

14 ///

勒父正在大理跟林父谈笑风生。

两人从天南聊到了地北，又从林乂安和勒大少小时候的糗事谈到了婚礼蛋糕需要几层。

勒父感叹：那么实诚的一个丫头，自己当初怎么误会了呢？

林父也觉得：自己文化人的优越感要不得，当初的修养还是差了点。

接着，两人哈哈哈地继续商量婚礼用什么酒比较合适。

林母跟勒母看着他们不约而同地撇了撇嘴：俩傻爹。

一瞬间，林母突然想起，好像有一件重要的事忘记告诉林乂安了。

是什么呢？

既然忘了，那应该不重要吧？

嗯，算了。

15 ///

勒大少要参加一个商务酒会。

他打电话给晏秋：“阿秋，陪我参加酒会吧。”

晏秋：“不去。”电话被挂断。

勒大少再接再厉，又打了过去：“别人都有伴儿，我没有会很奇怪……”

晏秋：“我不介意。”挂断。

勒大少拨了第三次：“你不陪我，那些女的又要缠过来了……”

电话里传来林夏的声音：“不好意思，你家阿秋要陪我。”

勒大少默默地挂断了电话。

勒大少觉得自己被塞了一嘴“狗粮”。

钱玫拎着小包包走了过来：“亲爱的，你要伴儿的话，我可以陪你呀。”

勒大少瞟了她一眼：“你都是有未婚夫的人了，你不要避嫌，我还要呢。”

钱玫笑道：“没事，他家产没你多，你要是愿意，我立马跟他解除婚约。”

她的未婚夫站在她身后：“嗯？”

钱玫飞去一眼：“怎么了？”

未婚夫：“没事，女王大人您继续。”

勒大少觉得自己又被塞了一嘴“狗粮”。

勒大少觉得，这世界对单身狗真残酷。

勒大少突然燃起了加入“FFF团”的雄心。

然后他收到了一条阿涧的信息。

他燃起的雄心瞬间熄灭。

阿涧：**房产证办好了。**

16 ///

林乂安刚回到家，就听见房间门被敲得震天响。

她一边思考着自己最近有没有得罪谁，一边拉开了门。

站在门口的勒大少开开心心地递上房产证：“林小安，嫁给我吧。”

林乂安受到了惊吓……

勒大少：“难道你要反悔？”

林乂安：我答应你什么了我？！

勒大少：“我房子也买下来了，商业精英也当了，你还要我做什么？”

林乂安：“房子？”

林乂安：“呃……自己攒了十万，然后家里赞助了五百九十万的那种？”

勒大少：“林小安，你就这么看不起我？”

勒大少一脸骄傲：“我用项目提成加代言费赚回来的。惊不惊喜，意不意外？”

勒大少：“我身兼二职，工作得可努力了。”

林乂安：那……还真是又惊喜又意外……

林乂安抚额：“不好意思，你突然这么说，我有点没心理准备。”

勒大少：“哪里突然了？我叫你等我了啊。”

林乂安努力地回想了下：“就是那句……你给我等着？”

勒大少：“对啊。”

林乂安：那句话是个人都觉得是约架！你这已经不是隐不隐晦的问题了！

林乂安深吸一口气：“所以……你这大半年都不联系我，是因为还没兑现承诺，没脸来见我？”

勒大少：“对。”

林乂安：对你个头对！你好歹给我发条短信啊！

林乂安：我还以为你真的恨我啊！

两人面面相觑。

旁边的租客探出了头。

林乂安退后了一步：“那个……你先进来吧。”

勒大少大摇大摆地进去，眼尖地看见了林乂安床上《说好的我是主角呢》的赠品小册子。

勒大少拿起漫画：“这个出书了啊。”

勒大少翻看着。

正在这时，林乂安的电话响了。

林母：“小安啊，我才想起来有什么忘记跟你说了。”

林乂安：“什么？”

林母乐和道：“你跟阿昊婚礼的日子，我们两家已经定好了，就在10月1日。”

林乂安：“什么？我跟阿昊的婚礼？10月1日？”

林母：“对呀，所以你们的婚纱照要抓紧拍啊。”然后电话挂断。

林乂安：“等等！你们什么时候定的？！喂？喂？”

身后传来勒大少的惨叫：“为什么我做主角的番外只有这么一点点？！”

林乂安：现在这个是重点吗？！

勒大少委屈道：“说好的我是主角呢？”

林乂安：先让我静静，别问我静静是谁。

番外一

这婚结得有点草率

01 ///

勒父和林父刚还在谈笑风生，下一秒这俩就在婚礼用酒上产生了分歧。

勒父："几百块钱的酒怎么能体现出我儿的金贵？！"

勒父："葡萄酒适饮期十年往上的才算是好酒，便宜的放十年都变葡萄醋了。想想都知道，我怎么能拿瓶醋出来招待！"

又没让你放成醋再拿出来招待！

林父忍不住呛了他一句："那你干脆每桌整一瓶82年的拉菲。"

勒父面露难色。

林父哼哼。

勒父："也不是不行……就怕反而被人当假酒。"

勒父一脸"我还是很懂梗的"的样子："其实现在不流行讲82年的拉菲了，现在都讲90年的罗曼尼·康帝。"

勒父一拍大腿："嗨，咱就整两箱这个吧。"

住手啊！

02 ///

事情一发不可收拾。

勒父："其实刚才没好意思说，这酒店也太砢碜了点。"

林父：砢碜？

勒父：“虽说帝都才是主场，但这边也不能掉价啊。”

林父：掉价？

勒父：“我们可以搞露天，现搭。就是这边地也有点小。”勒父一脸嫌弃。

林父又一把火冒上来了。

林父：“你不如搭海上去，那里地方大。”

勒父眼睛一亮：“嗨，对呀，我怎么没想到！林老弟你真是太有才了，我来不及造个七星级酒店，我可以包艘七星级游轮啊。”

啥？你还想过造酒店？

林父气：“你非要七星级的，指路邻市冲腾‘石头纪’！”

勒父：“那里太素太雅了，婚礼不就图个热闹嘛。海上多好啊，到时候再派两艘船出去，海鲜现捕现捞，那才叫一个新鲜。再搞个烟火秀，或者搞一批无人机在天上飞来飞去，海陆空三线作战，气氛绝对爆。”

林父惊了：“你这是要上九天揽月，下五洋捉鳖？我是不是还要吊个威亚，穿个潜水服配合你们？”

勒父竟陷入了思考：“也行嘛，把节目安排上。我们就干脆请个名导执导，拍微电影，拍纪录片，到时候全国放送！”

林父：不是，等等……

勒父：“林老弟，你看上哪个大导演，随便指，我都给你搞定！”

什么叫我看上哪个？！能不能对人家大导演有点尊重！还有你这是办婚礼啊，还是作秀啊！

勒父还在那说：“南边不是有个废弃小港口嘛，我看那地段就不错。造个酒店来不及，整修条气派的大道还是可以的。”

林父：“你难不成还想仿迪拜搞个‘帆船酒店’？”

林母听不下去了，一拉林父：别再提供脑洞了！

果然，勒父又一拍桌子：“嗨，有道理啊！等游轮一撤，原址填个人工岛，造个酒店，连广告都不用打。”勒父一脸相见恨晚，“林老弟，来，干杯干杯，酒逢知己千杯少啊，当再浮一大白。”

林父的脸直接青了。

勒母忍不住了，在旁边发出一阵尖锐的爆笑。

林母尴尬地扯了扯嘴角："那个……亲家公，其实我们就想搞得简单点，请几桌乡里乡亲就好了，不用搞得那么隆重。"

勒父："那怎么行！"

这么绝妙的计划怎么能刚怀上就胎死腹中！

勒父劝："你们要是觉得铺张浪费，放心，我不差这点钱。"

勒父："不是，我当然也不是说你们差钱。"

勒父："就当投资嘛，五年，啊不，三年，我保证盈利。"

勒父："股权我分你们30%。"

勒父："那50%？就当给小安的聘礼了。"

林父不为所动，甚至额角冒出了青筋："你还真做上生意了！"

勒父："你们书生怎么这么麻烦，花钱的事不乐意，赚钱的事也不乐意。"

勒母咳了一声："哎呀，这是孩子的婚礼，要不我们问问孩子的意见吧。"

四人终于达成共识，连夜飞去了帝都。

03 ///

第二天。

林乂安翻着那一沓厚厚的婚礼策划书，差点手抖。

林乂安："这……谁想的？"

勒父谦虚了下："你爸想的，我让阿涧完善的。"

林乂安惊恐地瞪向她爸。

林父：我不是，我没有……一切都是误会。

林乂安："你们要包艘游轮？"

林乂安："你们还要拍纪录片？"

林乂安："你们还打算在全国放送？"

林乂安："爸，你还要吊威亚穿潜水服表演节目？"

勒父极力点头。

林父拼命摇头。

林乂安发出一声艰难的呻吟："饶了我吧！"

四双眼睛盯着她："小安，你觉得怎么样？"

不怎么样！

林乂安深呼吸然后喊出了她接到电话后就冒出的念头："我不想结婚！"

林母一听："是不是这小子对不起你？！"

勒大少惊泣："林小安你又要对我始乱终弃？！"

勒大少和林母："嗯？"

他俩对视一眼。

林母缓和了声音："还是丫头你变心了？不要怕，说出来，妈给你做主。"

勒母急了："亲家母！"

勒大少委屈："明明昨天还好好的……"

勒大少终于想起来："啊啊啊！林小安昨天并没答应我！林小安你果然变心了！"

林乂安抓狂："我才没有变心！"

"呃……"林乂安的脸"腾"地一下红了。

勒大少又开心了，他对着四位家长露出灿烂的笑："林小安还是爱我的，你们继续。"

勒母柔声问："小安啊，那你到底为啥不想结婚啊？"

林乂安支支吾吾："我……恋爱……"

林母倒抽一口冷气："死丫头，你难道只想恋爱不想结婚？我告诉你，不以结婚为目的的恋爱那可是要流氓！"

你可真是我亲妈！

林乂安羞恼暴言："我都没恋爱过！"

四双眼睛看向勒大少，大人们终于信了：敢情你们同居那大半年还真是纯纯的室友关系啊。

四双眼睛又下移：我儿子（这小子）是不是不行？

林乂安：喂！

“对哦。”勒大少突然开始复述名台词，“‘我还没带你坐豪华游艇环游世界，没在两万英尺的热气球上吻你，没在铺满玫瑰花的田野里向你求爱’……”

林乂安瞪他：对你个头哦！现在是玩梗的时候吗！

不对，他为什么一脸真诚？

他不会是认真的吧？

勒父一脸恍然：“原来现在小年轻们要走这么个流程啊。”

不是！没有！他瞎说！

勒母担忧：“两万英尺是不是有点危险啊？”

你们不要真考虑上啊……

勒大少又露出灿烂的笑：“林小安你早说嘛，我们可以跳过婚礼直接去蜜月旅行啊。”

勒大少：“行程我都拟好了，保证有过之而无不及。”

谢谢啊！我都听怕了！

04 ///

最终，他俩还是去旅行了。

林乂安发现勒大少真是个谈判鬼才——

他对勒父说：“绝对整一趟最奢华的行程，要让林小安由俭入奢易，由奢入俭难，到时候绝对同意游轮方案。”

他对林父说：“我们玩一圈就回来，走个过场，反正协议上写了由我们自选婚礼方案，到时候我爸也不能说什么。”

他对林母说："放心，林小安的武力值伯母您还信不过吗？"

他对她说："我们去旅游，就可以把这份协议签下来。等回来我们想怎么结就怎么结，想什么时候结就什么时候结，反正方案由我们定。"勒大少还发射了一个wink（单眨眼），"对吧？"

而勒母就慈祥地看着他们，一脸"哎呀，吾儿怎么这么天才"的样子。

林乂安总觉得唯一看穿了真相的只有伯母。

她怎么就迷迷糊糊签了协议，还觉得自己赚了呢？

谁同意跟他结婚了，真的是……

林乂安觉得自己就是那种被人卖了还帮人数钱的存在。

勒大少："林小安，你真的不去坐热气球吗？"

林乂安："不。"她宁愿瘫在草地上躺尸。

勒大少笑呵呵逗她："我不在两万英尺的热气球上吻你，怎么按行程在铺满玫瑰的田野里向你求爱呢？"

林乂安扭过头："你也没带我坐豪华游艇环游世界啊？"

勒大少："也对，我的错。"

林乂安哼哼："要什么铺满玫瑰的田野，我觉得这里就挺好。"

天空一片碧蓝。

勒大少突然倾下身看着林乂安的眼睛："我爱你，林乂安。"

林乂安脸红了一下，喏喏道："我也爱你。"

她看着勒大少帅气的脸，像被蛊惑般，抬头亲了亲他的唇角。

亲完，她自己却害羞了起来。

勒大少开始乐，他埋在林乂安颈窝，笑得热气都吹进她脖子里。

林乂安伸手推了推他："起来。"

林乂安心里想着，她数一二三，这位大少爷再压着她，她可要真推了。

一……二……

勒大少闷闷地问："嫁给我好吗？"大少爷说完，还在她颈窝蹭了蹭，腻歪得像只大型的毛绒宠物。

林乂安要推他的手临时刹了车，她改道摸了摸他的后脑勺，也闷闷道："好。"

勒大少翻过身，拉起林乂安。

他在旁边捋了两条草茎，编成戒指，认认真真给她和自己带上："那就一辈子，说定了。"

林乂安正感动着呢……

勒大少突然蹦起："我看见那边有个小教堂，快。"

林乂安："啥？"

她被勒大少拉着跑。

勒大少："去结婚。"免得再夜长梦多！

林乂安："哈？"

等等啊！这是不是有点太草率了！

林乂安突然又想起了那叠厚厚的婚礼策划书，算了，还是草率点吧！

05 ///

当天，勒大少更新了朋友圈——

一张和林乂安一起的自拍，还带着一行字：快祝我新婚快乐！

他土豪圈的朋友都以为他开玩笑：

友A：哈哈哈，你们手指上那戒指不会是草编的吧？装也要装像一点吧。

友B：得了吧你，哪儿找的群众演员啊？你就注定孤独一生。

友C：一直未得见天少尊容，没想到长得还挺帅的。

勒大少表示不服。

他又晒出了证书。

友A：哈哈哈，这是哪国文字啊？道具做也要做得像一点吧。

友B：随意打印了一张纸糊弄人吗？

勒大少气不过。

他开始上网订飞机票。

林乂安本来还在纠结他们这算合法夫妻了吧，今晚到底会不会发生点不可言说的事。结果还没等她纠结完，勒大少又拖着她赶飞机回国……

林乂安："这是要干吗？"

勒大少："领证。"

看来她不用纠结了，今晚得在飞机上度过了。

呵，男人，这该死的胜负欲……

06 ///

勒大少终于把红本本的照片发到了朋友圈。

他接受着一排排"你竟然真结婚了！"的祝福，瞬间感觉舒心了。

可他突然想起自己似乎漏了什么事。

勒大少一拍脑袋。

他跑到林乂安面前羞答答地问："林小安，既然我们已经结婚了，是不是……"

林乂安紧张地咽了一口口水。

勒大少："你就可以搬回来住了？"

林乂安差点被自己的口水呛到。

林乂安：你果然就想要个保姆！

勒大少畅想着美好的婚后生活，还不知道自己错过了什么。

07 ///

最后一个反应过来的是勒父："什么？你们的婚礼这就叫办好了？"

好嘛，婚纱是租的，婚照是自拍，酒席不摆，勒父忧愁地抽起了雪茄，这叫他怎么显摆？

勒大少指着协议："你看，婚礼方案完全由我们自选。"

勒父："那我也是叫你们从两个方案里选一个，没让你自创一个！"

勒大少：“这条协议里没写。”

勒父试图拉亲家支持：“你们看，不办酒席都没法回收份子钱，多亏啊。”

勒大少：“反正你不差这点钱。”

勒父一时无话可说。

之后晏父特意来勒家坐了坐。

晏父：“呵，旅游结婚啊，现在的年轻人就是潇洒。”

你个大教授要不要这么记仇！

勒父突然觉得都怪自己当时立了个天大的flag（旗帜）。

08 ///

此时的勒大少洗得香喷喷地坐在床上紧张等待。

勒大少：“嗯？”林小安为什么在他门口转了一圈，直接回了书房？！

番外二

我就是喜欢缠着她

从小，林木的世界里只有两个女孩子。

一个是姐姐，一个是林乂安。

一开始他喜欢过姐姐。

这没什么好害臊的，那时候同村的小鬼头们都喜欢过姐姐。

长发飘飘，巧笑嫣然，村中一枝花。

直到他们都被姐姐揍过一顿后，才明白那其实是村中一霸。

后来他喜欢过林乂安。

因为他妈老抱着他，跟他说那是他的小新娘。

于是他捧着他最喜欢的甲虫、蟾蜍、蜈蚣、七彩毛虫给他的“小新娘”献宝。

然后林乂安哭了。

于是他又被姐姐揍了一顿。

等到林乂安能边哭边揍得他倒地不起后，他那点暧昧的情愫也就烟消云散了。

之后，他一直以二次元里肤白、貌美、长腿的学姐为目标。

林木在姐姐回来后，就开始主动找租屋。

他虽然无赖，但该识相的时候还是很识相的。

直到姐姐婚礼前，林乂安突然跟他说：“带你去A大见个生物系的学姐。”

林木："啥样的？"

林乂安："肤白貌美。"她看了眼林木又加了一句，"身材高挑。"

于是，林木麻溜地跟着去了。

他一路雀跃期待，直到见到了苏芙。

苏芙一身白大褂走路带风地向这边走来，见到他们就是一笑。

啊，的确肤白貌美，还身材高挑呢！

但这比我还帅的撩妹气质算怎么回事？！

他算是明白漫画里的"多情公子"为啥会有一众迷妹了，本尊的魅力还真是名不虚传。

林乂安小声调侃："怎么样？你最喜欢的肤白貌美的学姐，加上你最喜欢的翩翩公子款，你还有什么不满的？"

林木内心咆哮：肤白貌美的学姐是我的追求，翩翩浊世佳公子是我的目标。但我又没说想要肤白貌美的翩翩浊世佳公子！

林乂安："不开玩笑了，苏苏说她大老板（导师）的实验室正好缺劳动力，你那个工作不是累得半死？不如辞了来这里。"

苏芙点了点头："虽然工资少，不过有学校食堂的饭卡当餐补，也提供住宿。而且读博的话导师的因素比较大，做得好，正好可以乘机跟我的大老板套套近乎。"

林木立马同意了。

林乂安："哦，对了。"

林乂安凑近他压低声音道："在苏苏身边可别嘴上没个把门的，再油嘴滑舌小心死得很惨。"

林木觉得林乂安是杞人忧天。

像他这么识相的人怎么会惹麻烦？他保证嘴甜勤快，哄得苏苏和她的大老板开开心心……

然而没多久他被三个女生堵在了角落。

什么情况？

怎么自己有种牧野杉菜的既视感？

三个女生恶狠狠地警告他：

“你就是林木？”

“整天缠着苏苏你要不要脸？”

“别说没警告过你，给我离苏苏远点！”

林木震惊：还真是牧野杉菜的待遇！

林木满不在乎：你们叫我离远点就远点？我偏不！

然后有一天他打开柜子，看见锥形瓶上被贴着一张红字条。

她们是不是cos道明寺上瘾了？

等等！好像有个字母不太对。

林木凑近字条仔细瞅了瞅，上面的确写着：You’ll be bead。

啥？bead？我还bed呢。

然而不管最后一个单词是“bead”还是“dead”，就如电视剧演的那样，恶作剧自那天开始猛然升级。

当林木守了一周的培养皿被人为感染杂菌后，他终于爆发。

恶作剧也要讲究基本法对不对？

身为村子里未来第一个博士，要是因此夭折在这里，谁赔得起？

既然你们不仁，就别怪我不义。

林木表示：我恶作剧的时候，你们这群人还是穿开裆裤的小屁孩呢。

当然，他那时候也是个穿开裆裤的小屁孩。

所以你看，这是多么扎实的基础，多么精熟的业务！

打蛇要打七寸，既然反击，就要直踩她们的痛脚。

“后宫团”最怕什么？

当然是最怕他缠着她们的苏苏。

于是林木不要脸地甩着那张红纸宣告：“对，I’ll be on 苏苏’s bed。你们等着。”

“后宫团”尖叫声讨：“下流，无耻，不要脸！”

林木：“我就下流，我就无耻，我从来就没脸。”

“后宫团”震惊：原来这世界上真的有这么厚颜无耻之人。

“后宫团”再接再厉：“臭男人滚开！”

林木非得气死她们不可：“我就是喜欢缠着她，我凭什么滚啊？”

“后宫团”：“你果然妄想苏苏！”

林木：“我是呀，我妄想她妄想得不得了，我有不敢承认吗？”

“后宫团”愣了愣，一时鸦雀无声。

林木顺着她们的视线回头，看见苏芙走过来，对着这边露出了个疑惑的表情。

呃……被人抓包自己在她的“三千后宫”面前宣称暗恋她怎么办？

麻烦听我解释！

番外三

夏天也没什么不好

01 ///

林夏其实不喜欢夏天。

因为夏天有雷阵雨。

她对父母的印象已经模糊。

她只记得有一个夏日，天阴得像快要塌了一样，伴随着隆隆巨响，巨浪在白炽的闪光里朝岸上一帧帧扑来，几乎要扑到她的窗台上。

然后过了几天，她看见奶奶在痛哭，之后有好一阵子她都没再看见奶奶。

村里的乡亲开始轮流把她接回家住。

之后好长一段记忆，她都是模糊的。

直到两年后又一个夏天，她背上书包开始去上小学。

连着几天的雷阵雨，气温骤降，林夏却还打着雨伞光着脚丫开心地在地上踩水花。

记忆在这个时候突然复苏——她停下脚步，打了个颤，心里一阵没来由的凉。

她才意识到，她没有爸爸妈妈了。

她开始，不喜欢夏天。

02 ///

她对奶奶仅剩的一点记忆都在病床上。

那是一个全白的地方，白色的被单，白色的墙壁，白色的床……

连奶奶的头发都不知什么时候变得雪白一片。

小孩子对苍老还没什么太大的概念。

她看着奶奶只觉得她瘦得厉害。

“奶奶，你要乖乖吃饭呀，吃饱了才有力气好起来。”她把手搭在奶奶泛着青的手背上，九月的天气里，她觉得凉飕飕的。

奶奶瘦成皮包骨的手颤巍巍地握上她的：“下一次，阿夏下一次来的时候，奶奶就接你归家，我们再也不回来了，好不好？”

她点了点头，有点开心。

奶奶就看着她笑，笑着笑着却忍不住撇过了头。她看到奶奶偷偷抹掉了眼角的泪。

“我的孙囡，我可怜的孙囡，你的命怎么这么苦，要投生在我们家。”含糊不清的话混在哽咽里。

她那时候还不怎么理解这句话，她也不懂什么叫“可怜”。

三天后，她借住的那家婶婶就又带她去了县城。

林夏坐在巴士上有些按捺不住的雀跃：“下一次”竟然这么快就到了。

她还人小鬼大地打算跟着叔叔学做菜，奶奶身体不好，以后在家就让奶奶多休养休养……

但她去了另一个全白的地方。

白色的墙壁，白色的花圈，白色的蜡烛，还有蜡烛后面她奶奶紧抿着唇的黑白照片……

小小的林夏忍不住问：“奶奶呢？”

婶婶哽咽，像极了当年奶奶抱着她痛哭的样子。

“所以，奶奶不会再来接我了是吗？”

婶婶只是抱住她掉泪，没有说话。

但她已知晓答案。

那是林夏第一次体味到了“可怜”。

她一开始，不要期待就好了……

他们一开始，不要投生成家人就好了……

省得到了不得不分离的那一刻，痛苦不堪，伤心欲绝。

03 ///

当林夏吃着百家饭，潇洒成长为村中一霸时，她早已忘了拥有自己的“家”是什么滋味。

她看到了再和睦的夫妻也会因琐事吵架。

她看到了客客气气纵着她的叔婶伯姨，转头厉声呵斥自己的孩子。

家长里短，鸡毛蒜皮……

她的心已经被养得野了，她无法想象自己再被拘束在一个“家”里，活成家人期待的样子——一个贤妻，一个良母，或者是长辈口中的好儿媳。

林夏从不觉得这是因为自己有个“悲惨童年”，毕竟她的“悲惨”只剩下那么一点模糊的印象。

那点“印象”没有阻碍她成长得热情浪漫、开朗大方，并奇异地没有令她讨厌海。

她甚至有些理解了她早没了印象的父母对大海的痴迷。

她愿化为洱海边的一缕风，或洱海里的一尾鱼……

她只是仍然不喜欢夏天。

04 ///

“谁能抓住一缕风呢？”大学时的林夏笑着回答室友的恋爱八卦。

然后她抬头就看见了银杏树下的晏秋——

那可真是美人美景美不胜收，林夏当场就管不住自己的腿了。

那时候，她还以为再见晏秋是个“意外”。

她压根儿没想过晏秋这个看起来不食人间烟火的人还会拿着A音的新生名册，核对一个个名字，然后选了个好景，站在那儿等她。

林夏承认，自己当时是有些“色令智昏”。可自己从小有三好：美人、美景、美食，现在一下子占了两样，叫她怎么把持得住?

毕竟几个月前晚宴上那一眼惊艳，自己还曾不厚道地想过诸如“这双漂亮的手在自己身上弹钢琴那该是怎样的曼妙光景”之类的邪念。

人类对于尚不熟悉的美人，总更容易生出些轻浮的幻想。

等她和晏秋熟到可以称为朋友后，这类心思反而淡了。

晏秋锁眉：嗯？怎么就淡了?

05 ///

林夏承认，自己读大学前，曾期盼过谈一场不用负责任的浪漫恋爱。

林夏也承认，身边跟个晏秋，不可能再看得上谁。

你要让她从男朋友和晏秋里两者选其一，她想都不用想肯定选晏秋。

晏秋再次锁眉：为什么……我不能直接是男朋友?

06 ///

“有人抓住了风吗？”室友回头看了晏秋一眼，跟林夏打着禅机。

林夏笑了笑摇头：“人，又怎么会跟世界名画谈恋爱呢？”

很久之后晏秋才弄明白，“世界名画”说的是他。

那时候他站在音乐厅的废墟里，而她的消息只剩下一个“生死不明”。

“为什么？”晏秋将脸埋进颤抖的手心，“为什么？”

他也不知道自己在问哪个“为什么”。

07 ///

为什么自己的分别总是在夏天？

当林夏跟晏秋告别时，心里还笑着调侃了一句。

“有个乐团的工作机会，去世界艺术之都。”像是怕晏秋说出挽留的话，林夏还加了句，“我期盼已久的。”

果然，晏秋本来想说什么，却最终什么都没说出口。

她总是利用他的善解人意和处事周全，她甚至反思了下自己的做法是不是有点卑鄙。

她不是个适合有“家”的人，而晏秋是个太适合有“家”的人。

什么“世界名画”，不过是跟室友打哈哈时的借口。

当炮火轰鸣，当音乐厅的天花板坠落下来时，林夏又想起了当初那句调侃：

为什么自己的分别总是在夏天？

分别啊……好像要一语成谶……

那时候她没顾得上害怕，甚至还分神想了下：还好，她没有会为她伤心欲绝的“家人”。

这个念头一直持续到她辗转各地，最终艰难地回了国。

村里的乡亲们围着她又哭又笑，但都又好好过着自己的日子。

挺好的，不是吗？

直到她再次看到晏秋，不知怎的，她甚至生出一股心虚。

我一见你就笑

个个攸 著

Photo

□姓名 Name

□住址 Addr.

□邮政编码 Postal Code

□邮箱 E-mail

本人签名 ______________

1

“命运之门”在林乂安面前开启，然后从门内出来一条粗金链子。

啊，不，一个戴粗金链子的帅哥。

土豪啊，林乂安由衷感叹。

2

所谓安居，才能乐业。

骨气多少钱一斤？能当饭吃？

林乂安差点就想转身对着土豪行一个军礼：土豪，您想怎么使唤我都成！

3

“不要净给人添麻烦，我也是要工作的，知道吗？”

勒大少嘀咕：“你的工作不就是伺候我？”

林义安的膝盖往下碾了碾。

“疼，疼，阿秋救我！”

4

林义安闪亮亮的战斗记录……各种比赛，还有实战！

看过她的履历后，勒大少更害怕了呀！

勒大少：这捏死我不跟捏死只小鸡崽儿一样容易吗？！

5

勒大少真诚道："要不，我把你的职位升级成保镖吧？工资嘛……"

他想起之前林义安跟他的讨价还价，不敢开高："就每个月 600 吧。"

林义安："不必了，谢谢！"

6

林义安："不对呀，你之前'请客'已经刷掉了近 1 万，你给我开 4000 块的工资，一年下来，一半钱就没了，你还包伙食费……后面你打算怎么过日子？"

勒大少很干脆："没细想。"

7

林乂安点头："（男神）帅呆了！"

他觉得自己在林小安那边的声望起码刷到了"友善"的阶段。

然而结果是：他把另一个人的声望在林乂安这边直接刷到了"崇拜"。

8

勒大少："我也是情书收到手软的，里面都夸我聪明，长得又好看。"

林乂安："呃……情书上没写名字吗？"

勒大少想了想："一般就是'亲爱的''男神''我的白马王子'这些吧。"

林乂安感觉自己发现了真相。

林母：“我家乂安可是从小就说要嫁给大侠客、大英雄的，就你？”

勒大少毫无压力地拍了拍胸脯：“那是，我从小就跟恶势力作斗争。”

你那幼儿园的战绩就不要再拿出来说了好吗？而且不都是男神揍趴下的吗？

	Mon	Tue	Wed

Thu	Fri	Sat	Sun

No. ______________

Date:　　/　　/

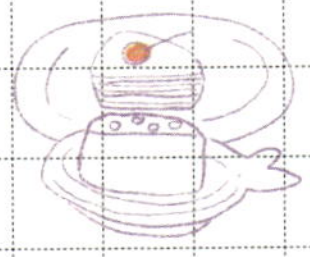

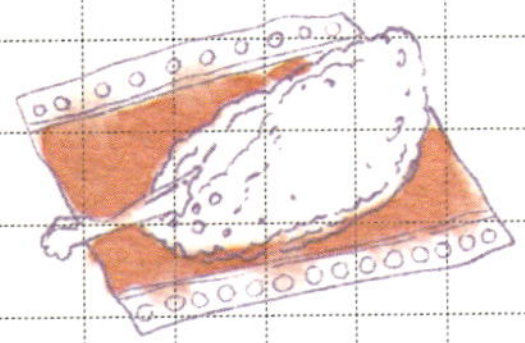

No. ____________

Date:　　/　　/

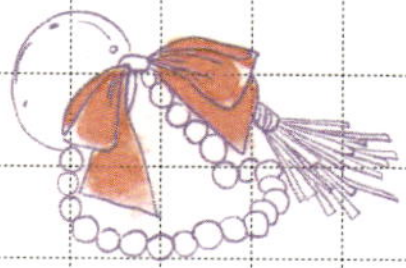

No. ______________

Date:　　/　　/

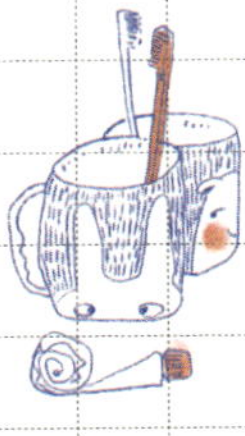

No. ______________

Date:　　/　　/

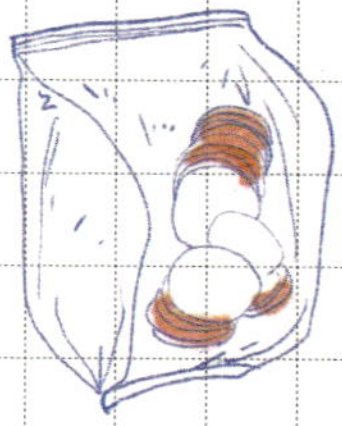

No. ______________

Date: /   /

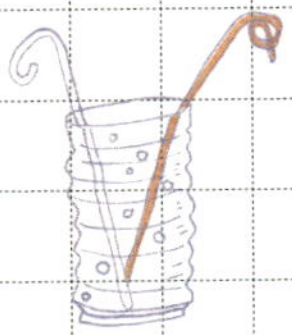

No. ____________

Date:　　/　　/

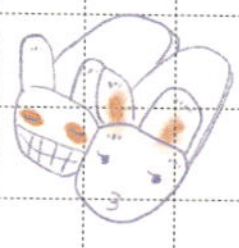

我一见你就笑

那个时候谁都没想到，
有一天“混世魔王”也会脱胎换骨。
喜欢一个人，
就是愿意为她做任何事，
为她变成她喜欢的样子。

非卖品

他看起来一切如常。他看起来过得不好。

他像是疯过、崩溃过，又挣扎着把自己重组起来，还原成一个“一切如常”的晏秋。

08 ///

为什么呢?

明明只是……朋友。

帝都的夏天，并不像大理那么气候宜人。

屋里冷气开得十足，林夏窝在晏秋怀里觉得自己也算体验了一把什么叫作“有借有还”。

之前自己怎么折腾人家的，如今就要被变相“折腾”回来。

“轰隆”外面一阵雷阵雨落下。

晏秋一口咬上她的唇：“谁能抓住风？嗯？”

晏秋：“世界名画？嗯？”又咬了一口。

林夏吃痛，却“扑哧”笑了起来：“小气鬼。”她深吻回去。

帝都的雷阵雨很短，只下了一会儿就停了。

林夏的手机震了一下，是林义安的信息：姐姐，快看彩虹!

晏秋心不甘情不愿地被林夏拖起来，来到了阳台。

雨点只打湿了阳台的玻璃窗，阳光又落了下来，折射出晶莹的光。

这里的角度正好，果然，在东边看见了一弯浅浅的彩虹，横跨了小半个天空。

林夏突然笑了。

晏秋：“嗯？”

林夏：“其实夏天也没什么不好。”

番外四

搬家还是生女儿?

01 ///

勒大少不懂，为什么他跟林乂安都是合法夫妻了，他还要为同床共枕而努力？

瞧瞧隔壁，那是夜夜笙歌、日日宣……哦，并没有。

勒大少去请教晏秋。

晏秋："你直说不就好了。"

勒大少羞答答："那多不好意思。"

晏秋看着他像看着个白痴。

勒大少不服气了："这种事当然得矜持、委婉地保持东方人的神秘感才有氛围。"

"哦？是吗？"林夏走过来勾起晏秋的下巴香了一个吻，"那我们要直接去享受氛围了，你自己纠结怎么委婉吧。"

勒大少被赶出了801。

委婉，委婉，委婉……

勒大少刷着网上各种梗有了主意，他可以逆向操作啊。

于是他拉着林乂安问："林小安，看我的夜光手表吗？"

林乂安："啥？"

02 ///

两人终于第一次“坦诚相待”。

常年宅在屋子里的勒大少皮肤白到发光。

林乂安很紧张。

勒大少也很紧张。

林乂安看着勒大少。

勒大少也看着林乂安。

两人干瞪眼，都在等对方进行下一步。

勒大少决定讲句俏皮话轻松一下气氛。

于是他不过脑就冒出了一句：“请，请对我温柔一点。”

他甚至还配合那句话，做出了娇羞的表情。

刚还忙着害羞的林乂安突然就害羞不起来了，甚至想跳起给他一个过肩摔。

你都从哪儿学来的！

03 ///

勒大少美滋滋地跟林乂安商量：“我们生一个女儿吧，女儿像我肯定可爱。”

林乂安：“那万一是儿子呢？”

勒大少撇了撇嘴：“也……行吧。”

林乂安：哦，女儿像你所以可爱，儿子像我所以不可爱是吗？

林乂安：你到底是对儿子有意见，还是对我有意见！

04 ///

勒父收到了自己儿子的辞职信。

勒父：“啥？他准备辞职去当家庭煮夫？”

阿涧："……对，他说这件事挺重要的，所以要早做准备，练习技能。"

勒父一脸"他在开什么玩笑"的样子："就他？"

勒父："他哪来的自信？"

哦……原来重点是这个吗？

05 ///

勒大少计算着房间。

这小区小高层的户型都是两室两厅，只适合做高档单身公寓。

一间做卧室，一间做书房兼林小安的工作间，以后总不能让女儿睡客厅吧……

万一再有个儿子，那再多两间房间都是不够用的……

勒大少很忧愁。

勒大少想着要不换个房？

勒大少去请教同户型的晏秋，寻找解决方案。

晏秋："不生。"

勒大少："哦。"

勒大少回来抱着林乂安嘤嘤嘤："看来没法怂恿阿秋搬家了。我们的女儿没了。"

林乂安："哈？"

这两者有因果关系吗？

勒大少跟她表述：要女儿=要加房间=换大房子=要搬家。

但阿秋不搬家，如果他俩搬家了就没法跟阿秋做邻居了。

所以：跟阿秋做邻居=不搬家=没有大房子=没有多余房间=没女儿。

哈？所以你就舍女儿要阿秋了？

搞懂前因后果的林乂安一声爆吼："你还是去跟你的阿秋过一辈子吧！"

06 ///

林夏："咳，这不行，我不同意。"

晏秋一脸淡漠："我也不同意。"

勒大少倒显得很开心："林小安，你果然也很想生女儿，我就说女儿好吧。"

这是生女儿还是生儿子的问题吗？！

07 ///

勒大少研究了半天户型图纸，终于找到了增加房间的办法。

勒大少："我们可以把旁边那套跟我们一墙之隔的房子买下来……"

林乂安："然后在我们卧室开道门？"

勒大少："或者我们把楼上那家买下来，加个楼梯，改造成复式？"

林乂安："你确定能改？"

勒大少信心满满："我爹非得在现有屋顶上加游泳池，建筑师都办到了，我相信这个小意思。"

你家那是重建了吧！你可别为难建筑师了！

08 ///

勒大少最终还是决定把旁边那套一墙之隔的房子买下来。

他又开始制定他的"小小"挣钱计划。

他先给他爸提交了复职申请。

勒父："他以为公司是什么？他想来就来想走就走？"

勒父："不批！"

勒父想了想不对："他……是真不知道自己名下有多少房产？"

阿涧："咳，手续都是我帮他办的，我没说。"

勒父突然又心情愉快了起来："嗯，干得好！让他自己挣去。"

09 ///

Lilian给勒大少出主意："不如你再搞个直播当副业，反正你打游戏厉害，粉丝也不少……"

勒大少沉思："但让比我穷的给我刷礼物打钱，我总觉得过意不去。"

Lilian：我们都比你穷好不好！捋我们羊毛的时候你怎么就那么过意得去！

10 ///

最终勒大少还是把房子买了下来。

勒大少："我干吗非得全款买房，我可以先付个首付嘛。"

勒大少一脸兴奋："所以林小安，我们可以生女儿了吗？"

林乂安笑得温柔："儿子不好吗？儿子不可爱吗？"

勒大少一脸纠结："如果有个阿秋那样的儿子也挺好的，这不是生不出来嘛。"

勒大少："万一再生出个'我'来，那我不得跟我爹一样被气个半死？"

林乂安暂停了录音键：你自己也知道吗！

好了，证据已存留，万一是儿子，等他长大了就拿这跟他告状。

勒大少突然一拍大腿："有了！万一生个儿子就让阿秋帮忙养吧。说不定真能养成个小阿秋呢。"

你想得可真美啊！